*metro*

Celil Oker

Schnee am Bosporus

UT *metro* wird
herausgegeben von
Thomas Wörtche

Zu diesem Buch

In seinen besseren Tagen war Remzi Ünal Pilot bei der Luftwaffe und bei Turkish Airlines. Seit er dort rausgeflogen ist, sorgt sein Job als Privatdetektiv fürs nötige Kleingeld. Das aber ist ein Beruf, den es in der Türkei noch gar nicht so richtig gibt. Nicht nur seine Klienten, auch er selbst hat allen Grund, der Polizei aus dem Weg zu gehen. Dass er bei seinem ersten großen Fall nicht nur einen ausgerissenen Studenten finden soll, wird ihm schmerzhaft klar, als er über eine Leiche stolpert, seltsame Päckchen hin- und hertransportieren soll und plötzlich seine Aikido-Kenntnisse dringend braucht. Er lernt die verborgenen Seiten von Istanbul kennen.

Der Autor

Celil Oker studierte Anglistik an der Bosporus-Universität in Istanbul. Danach war er Journalist, Übersetzer und Leiter einer Marketing-Agentur. Als er die Ausschreibung zum ersten türkischen Preis für Kriminalliteratur *Kaktus* in der Zeitung las, beschloss er, seinen Lebenstraum zu verwirklichen und schrieb *Schnee am Bosporus*. Er gewann den ersten Preis und schreibt inzwischen am dritten Band der Remzi-Ünal-Serie. *Schnee am Bosporus* wird in der Türkei verfilmt.

Mehr über Buch und Autor im Anhang
oder auf *www.unionsverlag.ch*

Celil Oker

# Schnee am Bosporus

Aus dem Türkischen
von Ute Birgi-Knellessen

Unionsverlag

Die Originalausgabe erschien 1999
unter dem Titel Çiplak Ceset bei
Oğlak Yayinlari, Istanbul.

Deutsche Erstausgabe

*Auf Internet*
Aktuelle Informationen
Dokumente, Materialien
*www.unionsverlag.ch*

Unionsverlag Taschenbuch 181

Rieterstrasse 18, CH-8027 Zürich
mail@unionsverlag.ch
Telefon 0041-1 281 14 00, Fax 0041-1 281 14 40

Umschlaggestaltung: Heinz Unternährer, Zürich
Umschlagillustration: Ulrike Haseloft, Berlin
Druck und Bindung: Clausen & Bosse, Leck
ISBN 3-293-20181-4

Die äußersten Zahlen geben die aktuelle Auflage
und deren Erscheinungsjahr an:
1 2 3 4 5 - 04 03 02 01 00

# 1

Ich hatte gerade mit meiner Cessna Skylane RG zur Landung auf dem Internationalen O'Hare-Flughafen von Chicago angesetzt, als drinnen das Telefon läutete.

Das Rauschen des durchs offene Fenster hereinwehenden Windes, das Brummen der Motoren sowie der Lärm, der just in diesem Moment durch das Ausfahren des Fahrwerks entstanden war, mochten verantwortlich sein dafür, dass ich das Klingeln des Telefons fast überhörte. Meine Augen wanderten zwischen dem Höhenmesser und dem Variometer hin und her, und ich versuchte – in einem Anfall von Masochismus –, eine perfekte Landung durchzuführen. Schnell nahm ich einen Schluck von meinem lauwarm gewordenen Nescafé. Weit und breit war kein anderes Flugzeug zu sehen.

Ich hatte etwa die Hälfte der Landepiste unter mir zurückgelegt, als plötzlich ein Seitenwind auftauchte und meinem kleinen Flieger einen heftigen Stoß versetzte. Ich drosselte die Motorleistung noch etwas. Das zweite Läuten des Telefons nahm ich zwar verärgert wahr, doch zog ich vor, es zu ignorieren. Ich hatte wieder einmal zu viel Tempo. Also reduzierte ich die Geschwindigkeit nochmals.

Beim dritten Klingeln des Telefons begann ich zu fluchen. Dieser Störenfried setzt alles daran, mich an einer ordentlichen Landung zu hindern. Er soll gefälligst warten. Ich nahm noch mehr Leistung zurück. Mein Flugzeug reagierte mit einem Hechtsprung, der mich in Panik versetzte. Also drehte ich wieder auf.

Meine Handinnenflächen waren leicht verschwitzt. Ich hatte Lust auf eine Zigarette, doch dafür blieb keine Zeit. Die Landebahn kam immer näher auf uns zu, und ich hob die Nase meines Fliegers wieder leicht an. Doch bereits das war zu viel, zumindest schien es mir so. Also richtete ich die Flugzeugnase wieder nach unten. Die Instrumententafel beachtete ich längst nicht mehr. Das war ein Fehler. Mein sicherer, auf unzähligen geglückten Landungen basierender Instinkt war wie ausgeschaltet durch diese Panik. Von neuem riss ich das Flugzeug hoch.

Die Rollbahn lag jetzt wieder genau unter mir. Meine Geschwindigkeit war viel zu hoch. Ich nahm das Gas ganz weg. Der verfrühte Ton der Überziehwarnung erklang zusammen mit dem vierten Läuten des Telefons. »Ruhig, verdammt noch mal«, rief ich zum Telefon hinüber.

Um die sich mit jeder Sekunde verkürzende Piste unter mir nicht zu verpassen, kippte ich die Nase meines Fliegers hastig nach unten. Das hätte ich nicht tun sollen. Die Räder stießen hart auf die Rollbahn auf. Zu hart. Zuerst zeigten sich Risse in den Flugzeugfenstern, dann war ein höllischer Lärm zu hören; schließlich stand ganz unten auf dem Bildschirm die Botschaft »You have crashed!«.

Während ich zusehen musste, wie meine arme Cessna in die Brüche ging, läutete das Telefon zum fünften Mal. Ich erhob mich von meinem Platz und lief ins Wohnzimmer.

Ich nahm den Hörer ab und bellte hinein: »Ja, was ist …«

Der Anrufer hatte wohl inzwischen die Hoffnung aufgegeben; jedenfalls hörte ich zunächst einmal gar nichts. Dann ertönte eine gutturale Frauenstimme mit einem Zungenschlag, der absolut nicht nach Istanbul gehörte: »Remzi Ünal? Spreche ich mit Remzi Ünal?«

»Ja, hier Remzi Ünal«, antwortete ich. Remzi Ünal … Expilot und Exflugkapitän, ausgetreten aus der Luftwaffe, geschasst von den Turkish Airlines, Remzi Ünal, den kein »frequent flyer« auch nur dem Namen nach kennt, den selbst die billigste Chartergesellschaft nicht haben will und der – dank Ihnen – nicht einmal imstande ist, seine Cessna auf dem *Flight Simulator* ordentlich zu landen, hier ist er, neu erstanden als Privatdetektiv Remzi Ünal.

»Äääm, ich verbinde Sie mit Yusuf Bey«, näselte die Stimme. Offensichtlich hatte die Frau in einem Film eine Sekretärin so sprechen hören.

»Und wer ist bitte Yusuf Bey?«

Die Stimme schien plötzlich ihr Selbstbewusstsein eingebüßt zu haben. »Spreche ich mit Remzi Bey?«, fragte sie von neuem.

»Ja«, sagte ich. »Hier Remzi Ünal …«, der …

»Äääm, ich verbinde Sie jetzt mit Yusuf Sari«, sagte die Sekretärin, die eindeutig aus der Provinz stammte, oft ins Kino ging und die falschen Filme wählte.

Ich wartete, während ich dem seltsamen Gedudel der firmeninternen Telefonverbindungen lauschte. Ich machte es mir auf dem Sessel neben dem Telefon bequem und streckte meine Beine auf dem davorliegenden Puff aus.

»Hallooooo«, rief eine männliche Stimme, die mit dem Istanbuler Idiom noch weniger zu tun hatte. Einen ähnlich breitgewalzten Dialekt hatte ich zuletzt vernommen, als der gewiefte Zwischenhändler, dem ich mein altes Auto verkaufen wollte, mich hereinzulegen versuchte. »Spreche ich mit Remzi Ünal?«

»Ja, bitte …«

»Sag mal, du, stimmt es, dass du Privatdetektiv bist?«

»Jawohl«, sagte ich. Zumindest war diese Bezeichnung legal, weil das Gesetz, gegen welches unser Staatspräsident Demirel sein Veto eingelegt hatte, neuerdings vom Parlament angenommen worden war … Auch wenn ich es in manchen Punkten großzügig interpretierte …

»Bist du wenigstens ein guter Schnüffler?«, fragte der Mann.

»Woher haben Sie meine Nummer?«, fragte ich zurück.

»Da war neulich ein Inserat in der *Hürriyet*. Das war schon ein bisschen speziell. Darauf sagte ich mir, da will ich mal anrufen.«

Applaus für meinen Freund, den Besitzer einer Werbeagentur. Ich hatte für ihn einige »freischaffende« Zeitschriftenhändler aufgespürt, die einen seiner Kunden geprellt hatten. Im Gegenzug schaltete er für mich eine Superanzeige, noch dazu zu Sonderkonditionen.

»Alles klar«, sagte ich. »Sie haben den richtigen Mann.«

»Dann finde mir gefälligst Ibo, Menschenskind.«

»Und wer ist Ibo?«, wollte ich wissen.

»Ibo ist mein Neffe. Der sollte in Istanbul sein. Aber seit Tagen habe ich nichts von ihm gehört.«

Jetzt war klar, warum der Mann aus der fernen Provinz anrief. Wer weiß, wie viele Neffen, Söhne, Brüder, Väter, Ehemänner und Onkel, von denen seit Tagen jede Nachricht fehlte, gerade in Istanbul untergetaucht waren!

»Von wo rufen Sie an?«

»Aus Tarsus, mein Guter.«

An Tarsus habe ich schöne Erinnerungen. Vier Jahre meines Lebens habe ich dort verbracht. Des Nachmittags roch es im Schulgarten nach Bitterorangen. Ich stellte auf den Dialekt meiner Schulzeit um: »Wir werden ihn schon finden. Am Telefon ist das allerdings nicht ganz leicht …«

»Komm doch schnell runter«, sagte der Mann, der sich über meine veränderte Sprechweise zu freuen schien.

»Nun mal langsam …«, sagte ich. Ich hatte es mir zur Gewohnheit gemacht, nicht einen Schritt zu unternehmen, bevor der Auftrag auf sicheren Füßen stand. Auch Tarsus musste da warten. »Lass uns mal von vorn beginnen. Wie heißt du?«

»Yusuf Sari. Ibo ist mein Neffe, Ibrahim Sari.«

»Ist er wirklich dein Neffe?«

»Ja, ja, wirklich. Sein Vater ist gestorben, und der Junge wurde mir anvertraut.«

»Und was macht dein Ibo in Istanbul?«

»Er studiert an der Bosporus-Universität. Soziologie. Was immer das sein soll.«

»Die Studenten der Bosporus-Universität lassen sich gern ablenken«, sagte ich. »Vielleicht ist er gerade mit einem Mädchen beschäftigt, und du regst dich umsonst auf.«

Der Mann am anderen Ende der Leitung schien eine Zeit lang unentschlossen, was er von meinen Worten halten sollte, doch dann entschied er sich: »Nix da, Ibo ist ein ordentlicher Junge. Er kommt jedes Wochenende her, und alle zwei Tage reden wir am Telefon. Ich mache mir jetzt Sorgen, weil er seit einer Woche nichts von sich hören lässt. Ich habe seine Freunde angerufen; die haben ihn auch nicht gesehen.«

Diesmal zögerte ich. Doch ich musste offen sprechen: »Es hat doch hoffentlich nichts mit Politik zu tun?«

Nicht nur wegen der Gesetze, sondern auch aus persönlichen Gründen wollte ich bei meinen Fällen mit Politik rein gar nichts zu tun haben. Die Menschen konnten meinetwegen denken, was sie wollten, und dieses Recht nahm ich auch für mich in Anspruch. Doch war ich nicht bereit, irgendeine Verantwortung für Komplikationen zu übernehmen, die sich an der delikaten Grenze zwischen Denken und Handeln ergeben mochten.

Die Antwort kam ohne Zögern. »Nein, mein Freund, Ibo hat damit nichts am Hut. Das hat er mir geschworen. Er studiert brav, und gelegentlich hilft er mir bei meinen Geschäften in Istanbul.«

»Was für Geschäfte sind das?«

Auf meinen trockenen Ton hin schien der Mann aus Tarsus leicht verstimmt. Doch vielleicht irrte ich mich auch.

»Wir schicken den Händlern Garn, Stoffe und dergleichen. Das Geschäft läuft gut. Ibo besucht die Händler, wenn es nötig ist.«

Während ich überlegte, was ich diesen Onkel unter den vielen, die ihre Neffen in Istanbul suchten, noch fragen könnte, veränderte ich die Position meines Gesäßes auf dem Sessel. Yusuf Sari entging mein Zögern nicht: »Was meinst du, Remzi, wirst du Ibo finden? Er ist uns teuer, ein Vermächtnis meines Bruders. Wirst du ihn finden?«

»Ich will tun, was ich kann. Aber ich muss noch mehr wissen. Ich brauche noch Einzelheiten, zum Beispiel ein Foto …«

»Steig doch in ein Flugzeug und komm her«, wiederholte er. »Wir können dann alles besprechen. Sei unser Gast.«

Offensichtlich wollte Yusuf Sari die zu mietende Ware erst einmal in Augenschein nehmen. Recht hatte er ja. Umso mehr, wenn er die Höhe meines Honorars erführe.

Yusuf Sari schien die Gabe zu besitzen, über weiteste Entfernungen Gedanken zu lesen. Ich habe eine ausgesprochene Schwäche für Leute, die wissen, wann sie was zu sagen haben.

»So lernen wir uns kennen«, sagte er. »Und dann müssen wir ja auch noch über die Bezahlung sprechen.«

»Ja, darüber können wir reden«, sagte ich. Ich hätte mir nicht träumen lassen, dass ich nach so vielen Jahren so etwas wie Sehnsucht nach Tarsus empfinden könnte. Dabei musste es da unten jetzt höllisch heiß sein.

»Warst du schon bei der Polizei?«, fragte ich jetzt.

»Keine Polizei, mein Lieber. Das hier ist Tarsus, wir wollen keine Polizei. Keine Polizei, keine Medien, bloß keine Zeitungen.«

»Verstanden«, sagte ich. »Ich komme morgen mit dem Vormittagsflugzeug.« Dann sagte ich, absichtlich ein bisschen zögernd, um ihn bei der Stange zu halten: »Allerdings …«

»Allerdings was?«, fragte er.

»Nimm's mir nicht übel, mein lieber Yusuf Sari. Aber ich möchte die lange Reise nicht umsonst unternehmen. Vielleicht können wir uns nicht einigen. Deswegen solltest du mir zumindest die Reisespesen überweisen.«

»Jetzt sofort?«, fragte er.

»Deine Sekretärin kann die Summe ja telefonisch anweisen. Wenn das Geld morgen auf meinem Konto ist, reise ich sofort ab.«

»Wie viel?«

Ich überschlug im Kopf den Preis eines Flugtickets von Istanbul nach Adana und zurück und fügte diesem nochmal fünfundzwanzig Prozent der Summe zu.

»In Ordnung«, sagte er.

Ich gab ihm das Bankkonto an, welches ich für kleinere Transaktionen benutzte, und notierte mir seine Adresse. Bevor ich auflegte, fragte ich noch, ob seine Sekretärin gewöhnlich seine Gespräche mithöre. Das sei nur so eine Frage … Inzwischen war es neun Uhr abends, offensichtlich hatte die junge Frau nichts dagegen, Überstunden zu machen.

Nachdem ich den Hörer aufgelegt hatte, warf ich einen Blick auf meinen Computer. Meine Cessna wartete schon wieder auf mich, bereit zum Abflug, diesmal auf dem kleinen Flughafen von Meigs Field in der Nähe von Chicago, am Rande des Michigan-Sees. Ich ließ sie warten. Ich ging im Wohnzimmer auf und ab und schaute aus dem Fenster. Das rote Licht auf dem Dach des *Akmerkez*-Einkaufszentrums blinkte. Die Bosporus-Universität war gleich daneben. Ich versuchte, mir Ibrahim Sari aus Tarsus vorzustellen, wie er dort seinen Milchshake trank. Doch kam mir kein rechtes Bild vor Augen.

Ich rief die Flugreservation an. Nach Adana gab es zwei Flüge am frühen Morgen, um 7:00 und um 7:50. Doch beide waren voll belegt. Ich freute mich schon, dass ich würde ausschlafen können, da das Mittagsflugzeug erst um 12:30 abflog. Doch als ich erfuhr, dass auch auf diesem Flieger kein Platz mehr frei war, wurde die Lage ernst. Ich ließ mich für den 7:50-Flug auf die Warteliste setzen.

Dann wählte ich die Auskunft. Ich wartete, wartete weiter, unsere Operators sind alle beschäftigt, so wartete ich, bitte, noch ein wenig. Schließlich konnte ich nach Ibrahim Sari fragen. Kein Eintrag.

Selbst wenn dir um diese späte Stunde noch etwas einfällt, um Ibrahim Sari zu finden, von dem du nichts als den Namen weißt, lass es trotzdem, Remzi Ünal, sagte ich mir. Morgen ist früh genug …

Ich verließ das Haus und ging ins Kino.

# 2

Ich erwachte früh. Nachdem ich meinen Kaffee getrunken hatte, folgte ich brav den Anweisungen des mit weiblicher Stimme sprechenden Rechners am anderen Ende meines Telefons, drückte die entsprechenden Tasten und kontrollierte das Guthaben auf meinem Konto. Es war beträchtlich angewachsen.

Da ich keinerlei Lust verspürte, mich in halbwachem Zustand in aller Herrgottsfrühe ans Steuer meines Wagens zu setzen, hielt ich unten auf der Straße ein Taxi an. Für einen Reisenden mit dem Ziel Adana war es schon jetzt beängstigend heiß. Auf der großen Informationstafel im Flughafengebäude war für das 7:50-Flugzeug nach Adana keine Verspätung angezeigt, doch bestand auch keinerlei Hoffnung auf einen freien Platz. Ich fragte eine von den mit schnurlosen Telefonen herumlaufenden Hostessen nach den Namen der Piloten. Ich kannte sie beide.

Nach einigen internen Telefongesprächen hatte ich zwar immer noch kein Ticket, doch ich saß im Flieger. Sobald ich mich angegurtet hatte, schloss ich die Augen und stellte mich schlafend, um meinen beiden früheren Kollegen, die nie mehr Alkohol zu sich nahmen, als der Sicherheit ihrer Jobs zuträglich war, die unangenehme Situation zu ersparen, mit mir sprechen zu müssen. Zum Schluss schlief ich dann wirklich ein.

Nach der Landung in Adana verließ ich das Flugzeug durch den hinteren Ausgang. Draußen war es unerträglich heiß. Ich teilte mir mit drei Männern, die nach Mersin wollten, ein Taxi. Während der ganzen Fahrt saßen wir stumm nebeneinander. Bei der Einfahrt nach Tarsus stieg ich aus. Ein weiteres Taxi brachte mich direkt vor das Büro von Yusuf Sari, ungefähr in der Mitte der Hauptstraße, die Tarsus von einem Ende zum andern durchquert.

Zu meiner Zeit hatte sich da ein einstöckiges Haus mit einem

Bücherladen befunden, neben dem heruntergekommenen zweistöckigen Steinhaus, in welchem ich so manchen Kebab verspeist hatte. Nun stand da eine architektonische Scheußlichkeit von Geschäftshaus. Auf den Namenstafeln fand ich, was ich suchte: *Sari und Söhne, Handelsgesellschaft, 2. Stock.*

Das untere Treppenhaus, in welches man direkt von der Straßentür aus gelangte, diente, dank des wirksamen Einsatzes eines auf einem Eisenstuhl sitzenden Mannes in Pluderhosen und mit herabhängendem Schnauzbart, als eine Art Empfangsraum. Dem Mann war natürlich sofort klar, dass ich ein Fremder war.

»Zu wem wollen Sie denn, mein Herr?«, fragte er mit einem Ausdruck, der besagte, dass es er sei, der hier entschied, ob ich heraufdurfte oder nicht.

»Zu Yusuf Sari«, sagte ich. »Er erwartet mich.«

Der Mann musterte mich von oben bis unten. Ich weiß ja nicht, nach was für Eigenschaften er suchte, doch entschied er schließlich, dass ich wohl jemand sei, den man herauflassen konnte. Eilig lief ich die Treppe hinauf.

Als ich den Klingelknopf drückte, tönte von innen her Vogelgezwitscher und das Tacktack-Geräusch hochhackiger Damenschuhe. Die Tür ging auf, und vor mir stand »Äääm, ich verbinde Sie jetzt« – abenteuerlich geschminktes Gesicht, Miniröckchen über strammen Beinen und eine ausgeschnittene weiße Bluse, die von zwei Spaghettiträgern gehalten wurde. Sie machte keinerlei Anstalten, mich einzulassen.

»Ich möchte zu Yusuf Sari.«

»Wen darf ich melden?«, fragte sie. Wir sprachen durch die halb geöffnete Tür.

»Remzi Ünal«, sagte ich.

»Ach … Sie kommen aus Istanbul … Entschuldigen Sie, aber ich habe Ihre Stimme nicht erkannt.«

Der Empfangsraum sah aus wie das Wartezimmer einer zweitklassigen Zahnarztpraxis. Vier verschiedene Wandkalender von vier verschiedenen Stoffherstellern zeigten vier verschiedene Monate. Auf der Tür des Metallschrankes neben dem metallenen Schreibtisch prangte ein Poster mit einem Schlagersänger, dessen Name mir nicht bekannt war. Auf einem Stuhl, etwas abgerückt neben dem Tisch, saß ein in Jeans und Anzugsjacke gekleideter Mann und trank Tee. Er schaute gruß- und wortlos zu mir herüber.

Jetzt öffnete sich die gegenüberliegende Tür, ein Mann stürmte auf mich zu, drückte mir mit unglaublicher Behändigkeit die Hand und küsste mich auf beide Wangen. »Herzlich willkommen, mein Freund Remzi ...«

Vor mir stand dunkel, gedrungen und schwergewichtig Yusuf Sari. Sein Lächeln wollte irgendwie nicht zu seinem breiten Gesicht passen. Ich wunderte mich, dass er keinen Schnauzbart hatte. »Komm, mein Freund.« Er fasste mich am Arm und zog mich durch die Tür.

Ein Hundertfaches von dem Geld, welches Yusuf Sari bei der Einrichtung des Arbeitszimmers seiner Sekretärin eingespart hatte, schien er in sein eigenes Zimmer investiert zu haben. Jeder sichtbare Quadratzentimeter war mit Holztäfelung ausgekleidet. Neben dem Fenster stand ein riesiger gedrechselter Arbeitstisch mit unzähligen gewundenen Schnörkeln. Die Ledersessel waren so wuchtig, dass jeder, der auch nur etwas kürzer war als ich, beim Sitzen die Füße über dem Boden baumeln lassen musste.

Mit einer großartigen Geste der Bescheidenheit nahm Yusuf Sari nicht hinter seinem Schreibtisch Platz, sondern setzte sich zu mir. Er schien mich heimlich zu taxieren, und ich ließ ihm Zeit dafür.

»Willkommen«, sagte er von neuem. »Was kann ich dir anbieten?«

Nachdem ich bereits im Flughafen und während des Flugs Kaffee getrunken hatte, begnügte ich mich mit einem Glas Wasser. Eigentlich hatte ich ja Hunger, aber das musste wohl warten.

»Wirst du mir den Ibo finden?«, fragte er ohne längere Einleitung.

»Hatte er Probleme an der Uni?«

»Nun, ich kann nicht behaupten, dass ich mich sehr um sein Studium kümmere. Aber so viel ich weiß, hatte er mit den Vorlesungen und Prüfungen keine Schwierigkeiten.«

»Und die Mädchen? Bist du sicher, dass nicht so etwas dahinter steckt?«

»Nein, ganz sicher nicht.«

»Das ist aber etwas, worüber die jungen Leute meistens nicht reden«, sagte ich.

»Vielleicht«, meinte er nun. »Wenn es so etwas ist, dann finde du erst mal den Ibo; wir besorgen ihm dann schon das Mädchen.«

Ich steckte mir eine von den Zigaretten an, die er mir anbot. »Nun gib mir erst mal seine Adresse. Hat er ein Telefon? Ein Handy?«

»Nein, ich wollte ihm eins zum Neujahr schenken, aber er wollte keins. Ich kann die verfluchten Dinger auch nicht leiden.«

»Ich brauch noch die Fakultät und die Klasse.«

Er zog einen zusammengefalteten Computerausdruck aus der Tasche. Der Bogen sah aus wie ein Zeugnis mit lauter mittelmäßigen Noten. Ich schrieb ab, was ich für nützlich hielt.

Die Fotos zog er aus der Innentasche seines Jacketts. Vier Stück waren es, eines davon ein vergrößertes Passbild. Dann Ibrahim zusammen mit seinem Onkel stolz vor einem auffälligen Mercedes. Ibrahim mit zwei Freunden auf einem Bett sitzend, dessen Tagesdecke verrutscht war. Das letzte Foto tanzte völlig aus der Reihe. Dies war kein Schnappschuss, sondern ein sorgfältig ausgeleuchtetes, arrangiertes Porträt, das ihn mit kühner »Yilmaz-Güney-Miene« zeigte.

»Der Junge fotografiert selbst«, sagte Yusuf Sari. »Als er in die Universität eintrat, hat er sich von mir eine erstklassige Kamera gewünscht. Die habe ich ihm auch gekauft. Ich glaube, er fotografiert auch an der Uni. Deswegen gibt's von ihm kaum Fotos, er nimmt immer die anderen auf …«

Der Ibrahim Sari auf den Fotos sah aus wie eine schlankere Ausgabe seines Onkels. Ein bisschen raffinierter, städtischer natürlich. Wie jemand, von dem man im Zug ein angebotenes Köfte ohne zu zögern annehmen würde.

»Ich habe dort schon alle gefragt, die ich kenne. Mein Geschäftspartner Orhan Yilmaz ist ja in Istanbul. Manchmal holt Ibo seinen monatlichen Scheck oder auch Taschengeld dort ab, wenn es nicht anders geht. Der weiß von nichts. Ich habe auch in Ibos Wohnung angerufen. Da war nur Ismet, sein Freund, Ismet Saglam, mit dem er die Wohnung teilt. Ich glaube, sie studieren in der gleichen Abteilung. Der hat Ibo schon länger nicht gesehen, sagt er.« Mit der letzten Glut seiner Zigarette steckte er sich eine neue an. »Hör mal Remzi, mein guter Freund«, sagte er mit deutlicher Besorgnis. »Wenn dem Jungen was passiert ist oder er in Lebensgefahr ist, das hätten wir doch längst erfahren, oder? Der Junge ist mein Ein und Alles. Glaub mir, seit Tagen weiß ich nicht, was ich esse oder trinke.«

Jetzt schien es mir an der Zeit, die seit gestern in meinem Kopf herumwandernde Frage zu stellen. Wenn das Verhalten eines Menschen nicht mit den Gefühlen übereinstimmt, die er zeigt, dann muss man die Gründe wissen.

»Hör mal, Chef«, sagte ich, indem ich mich zu ihm vorbeugte. »Der Junge ist dir teuer, verstanden. Wieso ist es dir aber nicht in den Sinn gekommen, selbst in Istanbul zu suchen wie ein normaler Vater oder Onkel in diesem Lande? Du sitzt hier, magst weder essen noch trinken und begnügst dich damit, die Sache von ferne zu steuern, indem du mich anrufst und beauftragst, den Jungen zu finden. Ich muss wissen, was hier wirklich läuft.«

Yusuf Sari erhob sich und drückte seine Zigarette in den kristallenen Aschenbecher auf dem Tisch. Er drehte sich zu mir und sagte: »Recht hast du, mein Freund. Komm, lass uns erst mal essen gehen. Ich werde dir alles erzählen.«

Im Kebab-Restaurant gleich neben dem Bahnhof war Yusuf Sari, das merkte man gleich, ein prominenter Gast. Den Weg dorthin hatten wir schweigend in dem mir von dem Foto bekannten Mercedes zurückgelegt. Am Steuer saß Hasan, der Mann mit dem Jackett aus Yusuf Saris Büro. Auch er sprach während der ganzen Fahrt kein Wort. Ich schaute durchs Fenster. Tarsus hatte sich sehr verändert. Die Palmen und Lindenbäume, die in meiner Erinnerung die Wege säumten, waren fast alle gefällt worden.

Wir nahmen im Garten Platz, an einem von Weinreben überrankten Tisch. Eine leichte Brise – wo mochte die wohl herkommen? – schien die Auswirkungen der Hitze ein wenig zu mildern. Hasan hatte sich an einen Tisch beim Eingang gesetzt. Yusuf Sari machte ein nachdenkliches Gesicht. Vor ihm stand ein Glas Raki, während ich mir einen Rettichsaft bestellt hatte.

»Der Vater des Jungen«, so begann er unvermittelt zu erzählen, »war nicht ganz richtig im Kopf. Man konnte nie wissen, was er als Nächstes anstellen würde. Wann immer es ihm einfiel, machte er sich einfach aus dem Staub. Nach Istanbul, Izmir, Diyarbakir oder Bursa. Manchmal erfuhr ich von Bekannten, wo er steckte, dann ging ich ihn holen. Manchmal war es aber auch die Polizei, die uns benachrichtigte. Wenn ihm das Geld ausging, bettelte er sich durch. Wie oft habe ich ihn aus Hotels auslösen müssen, wo er als Geisel festgehalten und auch verprügelt wurde …«

Wenn jemand so ins Reden kam, hütete ich mich stets, den

Redeschwall zu unterbrechen. Ich vermied es sogar, Yusuf Sari anzusehen. Er nahm einen weiteren Schluck von seinem Raki.

»Einmal musste ich ihn in Kayseri suchen gehen. Er hatte das Auto, das ich ihm großzügig zur Verfügung gestellt hatte, verkauft und das Geld im Puff und in den Bars ausgegeben. Als ich ihn fand, lag er zwischen den Abfällen in der Gosse vor dem öffentlichen Klo innerhalb der Burgmauern. Da habe ich mich vergessen und ihn halb besinnungslos geprügelt. Die herbeigelaufenen Ladenbesitzer hatten einige Mühe, ihn vor mir in Sicherheit zu bringen. Nach unserer Rückkehr hörte er ganz auf zu sprechen, als ob seine üblichen Verrücktheiten nicht genug wären. Eine Zeit lang benahm er sich, abgesehen von diesem Schweigen, ganz normal, und ich freute mich schon, dass die Tracht Prügel offensichtlich genützt hatte. Doch dann …«

Unsere Adana-Kebabs und ein Riesenteller mit Ezme, dem wunderbaren Kichererbsenmus, wurden aufgetragen. Yusuf Sari nutzte die Gelegenheit und schaute mir zum ersten Mal, seit er zu sprechen begonnen hatte, ins Gesicht.

»Schwöre mir bei Gottes Buch, dass niemand erfährt, was ich dir jetzt sage.«

Ich setzte eine ernste Miene auf und nickte.

»Ibo war ungefähr vier Jahre alt. Da hat der Kerl sich doch eines Nachts seine Frau … hm … von hinten vorgenommen. Vielleicht hat er auch noch andere Sachen mit ihr angestellt. Wir waren alle auf der Yayla, in unserem Sommerquartier in den Bergen. Unten brach ein Höllenlärm los. Ich rannte hinunter. Ich schäme mich, dir zu erzählen, was ich da zu sehen bekam. Die beiden waren ganz nackt! Gottlob hatte niemand sonst etwas gehört. Ich schnappte meine Pistole und hielt sie ihm vors Gesicht. ›Ich bring dich um‹, sagte ich. ›Hau ab aus meinem Haus und mach mich nicht zum Mörder!‹ Vor lauter Angst kriegte er keinen Ton heraus, sondern verkroch sich in einer Ecke. Ich ging wieder ins Bett. Aber ich zitterte am ganzen Körper.«

In der Mittagsglut von Tarsus saß er da, Yusuf Sari, mit gesenktem Blick und dicken Schweißtropfen auf der Stirn, und erzählte, während er sich beim Raki, seinem Kebab und dem Ezme für die erlittenen Kränkungen zu entschädigen schien.

»Am Morgen wurde ich durch die Schreie seiner Frau geweckt. Da hatte der sich doch tatsächlich aufgehängt, da hing er an der Decke und schaukelte noch hin und her. Er war mausetot. Na ja, der Dorfvorsteher kam und dann die Polizei. Gottlob wussten ja alle, dass der Kerl verrückt war. Es wurde alles protokolliert und dann zu den Akten gelegt. Ich bin seit jenem Tag nie wieder ins Sommerhaus gegangen. Und seine Frau ist nie mehr von dort in die Stadt heruntergekommen.«

Zum ersten Mal seit Beginn seines Berichtes ergriff ich jetzt das Wort. »Du hast dich dann um Ibo gekümmert?«

»Als er schulpflichtig wurde, habe ich ihn zu mir genommen. Von seiner Mutter konnte er sowieso nicht viel erwarten, die war nach jenem Tag auch nicht mehr ganz richtig im Kopf. Der Junge war ein guter Schüler und hat dann auch die Prüfung für die Bosporus-Universität bestanden. Ich bin ja nicht verheiratet. Für einen eigenen Sohn hätte ich nicht mehr tun können, als ich für ihn getan habe.« Er verstummte und konzentrierte sich auf seine Zigarette. Er schien aufs Tiefste bewegt.

»Als Ibo sich nicht mehr meldete, dachte ich sofort an seinen Vater. So etwas war vorher noch nie vorgekommen. Man kann ja nie wissen ... Mensch, sagte ich mir, ist der Junge vielleicht doch nach seinem Vater geraten? Gleichzeitig hatte ich auch Angst vor mir selbst ...«

»Du hattest Angst vor dir selbst?«

»Ja, ich fürchtete, mich wieder zu vergessen und dem Jungen vielleicht eine runterzuhauen und dadurch alles nur noch schlimmer zu machen. Deswegen wollte ich, dass jemand anders ihn findet.«

»Das verstehe ich«, sagte ich. Ich hatte es zwar nicht ganz verstanden, doch manchmal ist es besser, nicht zu zeigen, dass man noch nicht alles kapiert hat.

Yusuf Sari hielt offensichtlich den Zeitpunkt für gekommen, das Thema zu wechseln. »Nun, mein lieber Remzi, da du diese Arbeit natürlich nicht aus purer Nächstenliebe machst, wüsste ich gern, was wir dir dafür schulden.«

Ich nannte eine Summe, die für jemanden auf niedrigster Lohnstufe ein kleines Vermögen bedeuten würde. Er schaute vor sich hin und schwieg. Dabei zog er mit seiner Gabel Spuren auf dem verbliebenen Ezme, bis der Teller aussah wie ein frisch gepflügtes Feld. Ich fügte hinzu, dass größere Sonderauslagen, Geschenke und dergleichen, nicht in diesem Betrag enthalten seien. Er war nach wie vor stumm. Ich schloss ab mit der Bemerkung, dass ich einen ordentlichen Vorschuss erwartete.

»Alles klar, Bruderherz«, sagte er. »Nun iss mal dein Kebab auf, damit wir in den Laden zurückkehren können.«

Ich beendete meine Mahlzeit, ohne mich noch einmal von dem durchpflügten Ezme-Teller zu bedienen.

Ins Büro zurückgekehrt, fanden wir die Sekretärin dabei, ihre aus kleinen scharfen Zwiebelküchlein bestehende Mittagsmahlzeit zu sich zu nehmen. Hasan, der hinter uns das Zimmer betrat, nahm unverzüglich auf seinem Stuhl neben dem Schreibtisch Platz. Nachdem Yusuf Sari bei seiner Sekretärin zwei Kaffees bestellt hatte, gingen wir in sein Büro.

Dort zog er einen Scheck aus der Schreibtisch-Schublade, füllte ihn aus und reichte ihn mir. Die Summe stand da in voller Länge, datiert auf den nächsten Tag. Perfekt.

»Weißt du, Remzi«, sagte er ernst, »wenn ich Kopfschmerzen habe, gehe ich zum Arzt, und wenn ein Zahn mich plagt, zum Zahnarzt. Wenn eine Operation nötig ist, gebe ich mich auch unters Messer, ohne wegen des Geldes zu jammern. Bei dieser Sache bist du der Doktor. Ich geb dir das Geld, und du findest den Jungen. Aber finde ihn, bevor ihm was Schlimmes passiert!«

Ich steckte den Scheck ein und wollte Yusuf Sari sofort mit einer kleinen Gegenleistung entschädigen: »Was soll ich ihm ausrichten, wenn ich ihn gefunden habe?«

Er sagte erst einmal gar nichts. Auf seinem Gesicht erschien ein Lächeln, das ich nicht so recht einzustufen wusste. Dann kamen die Worte ganz langsam und würdevoll, wobei er mit den Fingern zu beiden Seiten der Tischkante entlangstrich. In seiner Stimme lag eine gewisse Raki-Leutseligkeit: »Sag ihm, dass ich ihm, wenn er nach Hause zurückkehrt, alles über eine bestimmte Sache mit seinem Vater erzählen werde, die er so gerne wissen möchte.«

»Da bin ich allerdings auch neugierig«, warf ich ein.

»Das solltest du lieber nicht sein, mein lieber Remzi«, sagte er nur. Da die Sekretärin in diesem Moment mit unseren Kaffeetässchen eintrat, brauchte ich mir keine Entgegnung einfallen zu lassen.

Yusuf Sari zog aus einem Kästchen neben der pompösen Schreibgarnitur eine Visitenkarte hervor. »Hier hast du die Adresse meines Geschäftspartners in Istanbul, Orhan Yilmaz. Seine eigentliche Firma ist nicht die, die da draufsteht. Ich ruf ihn an und informiere ihn. Wenn du irgendetwas benötigst, kannst du es bei ihm holen gehen. Und wenn du Hilfe brauchst, ruf ihn ruhig an; für mich macht der alles. Allerdings muss er nicht alles wissen. Gewisse Dinge bleiben besser zwischen uns … Und hier ist meine Karte.«

»Yilmaz Productions« stand in Prägeschrift auf der Visitenkarte von Orhan Yilmaz. Und darunter: »Aufnahmestudio – Kassettenproduktion.« Das Studio befand sich in der Siraselviler-Straße in der Nähe des Taksimplatzes.

Yusuf Sari holte jetzt mit einer plötzlichen Bewegung ein Paket unter dem Tisch hervor. Es war etwa so groß wie zwei nebeneinander gelegte Stangen Zigaretten und mit dickem gelbem Packpapier und einer Kordel sorgfältig zugeschnürt. Wie eine Salami, dachte ich. »Tu mir einen Gefallen«, sagte er, »und bring dies in Istanbul bei Orhan vorbei. Eigentlich sollte das ja Ibo bringen, nun kannst du das für mich tun.«

»Geht in Ordnung.« Es war wohl an der Zeit, sich zu verabschieden. »Du hast ja meine Telefonnummer.«

»Hast du kein Handy?«, fragte er.

»Bei meiner Arbeit ist es oft von größter Wichtigkeit, beide Hände frei zu haben«, entgegnete ich. Das war sicher keine besonders gute Erklärung. Aber es passte mir nun einmal überhaupt nicht, jederzeit und für alle erreichbar zu sein. Deswegen war auf meiner Visitenkarte auch mein mobiles Autotelefon nicht aufgeführt. Ich schrieb die Nummer von Hand auf die Rückseite der Karte.

»Ich warte auf Nachricht von dir«, sagte er. »So, dann viel Glück … Find ihn mir schnell …«

Wir verabschiedeten uns mit Wangenküssen, die um etliches wärmer ausfielen als die bei meiner Ankunft. Ich spazierte noch ein wenig durch die Straßen. Und ich trank noch einen Rettichsaft an demselben Verkaufsstand an der Straßenecke, zu dem wir immer nach den Fußballspielen gerannt waren, um unseren Durst zu stillen. Dann stand ich unversehens vor der Schule, in welcher ich vier Jahre meines Lebens verbracht hatte. Doch verspürte ich keine Lust, durch das riesige, eisenvergitterte Tor hineinzugehen. Ich schnupperte nur ein wenig, doch statt des erwarteten Duftes von Bitterorangen stieg mir ein penetranter Müllgestank aus dem Container neben dem Schultor in die Nase.

Ich zerriss die Visitenkarten, deren Inhalt ich mir bereits eingeprägt hatte, und warf die Schnipsel in den Container.

Ich kehrte auf die Hauptstraße zurück und kaufte bei einem Zuckerbäcker eine große Schachtel Baklava. Das von Yusuf Sari übernommene Paket warf ich in die gleiche Plastiktüte, und so bestieg ich ein Taxi nach Adana. Diesmal fand ich in der ersten Abendmaschine Platz.

Als ich ins Flugzeug einstieg, beschlich mich das Gefühl, dass ich bereits wusste, was Yusuf seinem Neffen über seinen Vater erzählen wollte und worauf der Junge so erpicht war.

# 3

Auf dem Weg vom Flughafen nach Hause kostete es mich einige Mühe, nicht im Taxi einzuschlafen. Nachdem ich die im Kühlschrank vorgefundene Knoblauchwurst mit einem halben Laib Brot roh heruntergeschlungen hatte, stellte ich den Läutton meines Telefons leiser, überließ eventuelle Anrufer meinem Beantworter und ging zu Bett. Bevor ich einschlief, machte mir noch der Gedanke zu schaffen, dass mir vielleicht Ibrahim Saris Vater im Traum erscheinen würde, wie er in dem Sommerhaus in den Bergen an der Decke baumelt. Doch sah ich weder ihn noch die DC 100, die ich mit hundertachtundsiebzig Passagieren an Bord bei einer »nicht ganz weichen« Landung zu Bruch geflogen hatte. Als ich erwachte, war es bereits kurz nach zehn.

Während ich meinen Kaffee trank, wählte ich die Nummer von Ibos Wohnung. Obwohl ich nicht damit rechnete, dass jemand abnahm, ließ ich das Telefon lange läuten. Danach rief ich bei Orhan Yilmaz an; auch dort antwortete niemand. Die Arbeitszeiten der Firma Yilmaz Productions waren offensichtlich recht eigenwillig.

Ich trank noch einen Kaffee. Wieder einmal hatte der Ladenjunge meines Quartierkrämers die Zeitung nicht gebracht. Ich verzichtete vorläufig auf eine Beschwerde und machte stattdessen zwölf Minuten lang Aikido-Aufwärmübungen, so gut das in Bluejeans und Hemd eben möglich war. Seit zwei Jahren ging ich dreimal in der Woche in einen Dojo zum Training. Nachdem Karate, welches ich auf der Pilotenschule der Armee mehr schlecht als recht gelernt hatte, inzwischen von den auf der Straße spielenden Kindern vereinnahmt worden war, stellte Aikido für jemanden meines Alters eine ideale Lösung dar. Ein bisschen Philosophie, ein bisschen Schweiß, ein bisschen Sozialkontakt sowie einige Übungen, die äußerst nützlich waren für einen

Privatdetektiv, der von Gesetzes wegen ja keine Waffe gebrauchen durfte und in meinem Fall auch gar nicht wollte.

Nach meinen Aufwärmübungen war ich – wie die Lifestyle-Journalisten so schön sagen – »fit für den Tag«.

Die Bosporus-Universität ist nicht weit von meiner Wohnung entfernt. Als ich vor dem Haupttor ankam, welches mindestens so imposant wirkte wie das Eingangstor einer militärischen Anlage, ließ mich der verschlafene Pförtner, nach einem kurzen Blick auf meinen seit Jahren abgelaufenen Turkish-Airlines-Ausweis, mit einem knappen martialischen Gruß in die Festung ein, indem er mit einem Knopfdruck die Barriere öffnete.

Nachdem ich mein Fahrzeug zwischen einem BMW-Kabrio mit geöffnetem Dach und einem schwarzen Geländewagen geparkt hatte, lief ich zu Fuß zum Campus hinunter. Auf den weitläufigen Rasenflächen zwischen den einzelnen Gebäuden lagen junge Leute beiderlei Geschlechts, die sich so weit wie möglich entkleidet hatten, um ihre Körper der Sonne auszusetzen. Ich kam mir vor wie ein ziemlich blöder Vertreter der Elternschaft, als ich auf eine Ecke zusteuerte, wo sich die meisten Studenten aufhielten. Ich folgte den Jungs über die Treppen eines Gebäudes in einen breiten Korridor, machte einen Schwenk nach rechts und fand mich vor einer überfüllten Kantine.

Ich blieb in der Eingangstür stehen. Meine Ankunft war in dieser lärmigen Gemeinschaft von kaum Zwanzigjährigen nicht unbemerkt geblieben. Trotz Bluejeans, kurzärmeligem Hemd und Yachtschuhen war ich ein Outsider. Einige warfen sich vieldeutige Blicke zu. Der Geräuschpegel sank beträchtlich. Schließlich löste sich ein bärtiger Jüngling aus der größten Gruppe, der es gewohnt schien, in solchen Situationen die Initiative zu ergreifen, und kam auf mich zu. »Suchen Sie jemanden?«, fragte er ebenso abweisend wie höflich.

»Ja«, antwortete ich wie ein selbstbewusster Studentenvater. »Ibrahim Sari.«

»In welcher Abteilung studiert er?«

»Soziologie, drittes Semester.«

Er legte die Stirn in tiefe Denkerfalten. Dabei ließ er seine Blicke schweifen, als ob er jemanden von der Soziologie suchte. »Sind Sie der Vater?« Wenn er mich gefragt hätte, ob ich von der Polizei komme, wäre sein Tonfall sicher der gleiche gewesen.

»Nein«, sagte ich, »ich bin ein Verwandter aus Adana. Sein Onkel hat mich gebeten, mal nach ihm zu sehen.«

»In welchem Studentenheim wohnt er denn?«

»Er ist ein Externer. Hat eine Wohnung in Hisar. Da hab ich heute morgen vorbeigeschaut, aber er war nicht da.«

Der junge Mann verzog seine Lippen, als wollte er sagen: Den kenn ich nicht, und hier in der Kantine ist niemand von der Soziologie; das ist ziemlich hoffnungslos, und außerdem geht mich das ja gar nichts an. Doch ich ließ nicht locker, und da ich am Anschlagbrett einen Aushang des Fotoclubs gesehen hatte, sagte ich: »Ich hab gehört, er sei Mitglied des Fotoclubs. Vielleicht gibt es hier Kollegen, die ihn von dort kennen.«

Er drehte sich zu einer Gruppe, die in einer Ecke der Kantine saß und eifrig debattierte. »He, Ismail, komm doch mal her!«

Ein langhaariger Jüngling drehte sich um. Er steckte das vor ihm liegende Hochglanzmagazin zwischen seine auf dem Tisch liegenden Bücher und kam auf uns zu. »Was gibt's?«

Der schnauzbärtige Student sagte: »Dieser Herr« – er hatte offensichtlich entschieden, dass ich nicht von der Polizei war – »sucht einen gewissen Ibrahim Sari. Er soll in eurem Club sein.«

»Der hat sich schon länger nicht mehr blicken lassen. Sind Sie sein Vater?«

»Nein«, entgegnete ich, »ich soll ihm ein bisschen Geld von seinem Onkel bringen.«

»Ehrlich gesagt, frag ich mich auch, was los ist. Wir stehen kurz vor der Semesterprüfung, wenn er die verpasst, werfen sie ihn von der Uni, ganz sicher.«

»Sag bloß!«, rief ich. »Wo kann der Kerl bloß stecken?« Die Situation erforderte ja doch, dass ich mich ziemlich besorgt zeigte.

»Ich suche den Ibo ja auch«, sagte Ismail nun. »Der hat nämlich den Schlüssel zu unserer Dunkelkammer. Wir büffeln im Moment zwar für die Zwischenprüfung, aber wir können schon seit einiger Zeit nicht in den Raum. Es gibt da noch eine andere Kantine. Ich glaube, da hält er sich öfters auf als hier bei uns.«

Ich ließ mir den Weg erklären und bedankte mich. Ich durchquerte wieder den Flur und gelangte über die Treppe ins Freie. Mit dem Blick auf den Bosporus lief ich zwischen zwei aus dem vorigen Jahrhundert stammenden Gebäuden hindurch auf die andere Kantine zu. Als ich dort eintrat, stellte ich eine wesentlich »liberalere« Atmosphäre fest. Die Mädchen waren freizügiger gekleidet und die Jungs irgendwie lockerer. Jedenfalls musterte mich niemand eingehend oder versuchte gar herauszufinden, ob ich von der Polizei war.

»Gibt's hier jemanden von der Soziologie?«, fragte ich den jungen Kellner, der mit leeren Kaffeetassen hin- und herlief. Er zeigte mit der Nase auf zwei Mädchen, die ganz hinten am Ende des langen Saales saßen.

Als ich nur noch etwa drei Schritte von ihnen entfernt war, zog eine der beiden ihr Bein zurück, welches sie auf dem vor ihr stehenden Stuhl abgelegt hatte. Als ob ihr Vater sie erwischt hätte, zerrte sie an ihrem Miniröckchen, um ihre weißen Beine so gut wie möglich zu bedecken. Sie trug eine ausgeschnittene weiße Bluse, die von ganz dünnen Trägerchen gehalten wurde. Von oben hätte ich wohl ihre Brüste sehen können, die sicher genauso weiß waren wie ihre Beine. Doch ich wusste mich zu benehmen.

»Entschuldigen Sie«, sagte ich. »Sie studieren doch Soziologie.

Ich suche Ibrahim Sari aus Ihrer Abteilung, er ist im dritten Semester.«

Das Mädchen errötete heftig, als sei sie beim Abschreiben erwischt worden. »Sind Sie sein Vater?«

Diese Frage hatte ich inzwischen so oft gehört, dass mir klar war, dass die Studenten der Bosporus-Universität an einem tief liegenden Vaterkomplex litten. Ich leierte meine Routineantwort herunter.

»Wissen Sie, ich suche ihn auch«, sagte das Mädchen, wobei ihre Gesichtsfarbe sich allmählich wieder normalisierte. »Heute Morgen hatten wir die erste Zwischenprüfung, und er ist nicht erschienen. Haben Sie's bei ihm zu Hause versucht?«

»Ich habe angerufen«, sagte ich. »Wen könnte ich sonst noch fragen?«

»Ismet weiß vielleicht Bescheid«, sagte das andere Mädchen.

»Wer ist Ismet?«, fragte ich, als ob ich den Namen nie gehört hätte.

»Das ist sein Wohnungspartner«, sagte die mit den weißen Beinen. »Der war heute Morgen an der Prüfung. Er wird sicher auch gleich auftauchen.«

»Vielen Dank«, sagte ich. »Dann warte ich mal auf Ismet. Aber wenn Sie Ibrahim sehen, dann sagen Sie ihm doch bitte, er möchte seinen Onkel in Adana anrufen. Der arme Mann macht sich wirklich Sorgen. Außerdem habe ich Geld für ihn.«

»Ich sag es ihm«, erwiderte die Weißbeinige. Sie hatte jetzt angefangen, an ihren Nägeln zu kauen. Ein anderes, ziemlich dunkelhäutiges Mädchen mit kurzen Haaren und fein gezogenen Lippen saß zwei Tische von uns entfernt und beobachtete uns verstohlen, als ob sie Zeugin einer peinlichen Szene wäre und niemanden mit ihrer Neugier in Verlegenheit bringen wollte. Irgendwie kam sie mir bekannt vor.

Ich ging zum Ausschank und holte mir einen Kaffee, ein grässliches Gebräu in einem Plastikbecher. Ich täuschte vor, mit den Mädchen fertig zu sein, setzte mich an einen ziemlich weit entfernten Tisch und begann, eine Schülerzeitung vom Vortage zu lesen, die auf dem Tisch liegen geblieben war.

In der Kantine herrschte ein reges Kommen und Gehen, wobei der Geräuschpegel rhythmisch an- und abschwoll. Der Kaffee in meinem Becher wollte nicht weniger werden. Jetzt kam ein in Shorts und weißes T-Shirt gekleideter bärtiger Junge zur Tür herein und ging auf den Tisch der beiden Mädchen zu. Als er nahe genug herangekommen war, machte er einen Satz in die Höhe und schlug in der Luft die Hacken zusammen. Nachdem er wieder auf dem Boden gelandet war, klatschten er und das Mädchen mit den weißen Beinen die Hände aneinander, ganz in der Art der amerikanischen Baseballspieler. Das Mädchen wies mit einer Kopfbewegung zu mir herüber. Der Junge kam auf mich zu. »Sie haben nach mir gefragt?«, sagte er mit abweisendem Gesichtsausdruck.

»Eigentlich such ich Ibrahim«, entgegnete ich.

»Der Blödmann ist nicht zur Prüfung erschienen. Ich hab keine Ahnung, wo er steckt.« Er tat, als hätte er nicht das Geringste mit Ibrahim zu tun.

»Teilen Sie nicht die Wohnung mit ihm?«

»Ich war die letzte Zeit bei einem Freund, wo wir alle zusammen für die Prüfungen büffeln«, antwortete er. »Ibo habe ich schon länger nicht mehr gesehen.«

»Setz dich doch«, sagte ich. »Lass uns mal vernünftig reden.«

»Worüber sollen wir denn reden?«, meinte er, aber er setzte sich doch neben mich.

»Pass mal gut auf«, sagte ich. »Ibo ist verschwunden. Sein Onkel ist äußerst besorgt. Keiner weiß, wo er steckt. Du als sein Wohnungspartner musst mir helfen.«

»Hören Sie mal. Als sein Onkel anrief, habe ich ihm auch

schon gesagt, dass ich nichts weiß. Ich werde wohl sowieso ausziehen.«

»Habt ihr Streit gehabt?«

Er dachte ein wenig nach, bevor er antwortete: »Wir waren nie dicke Freunde. Voriges Jahr haben wir zusammen die Wohnung gemietet. In der letzten Zeit hat er mich aber auf ziemlich grobe Weise fühlen lassen, dass er lieber allein wohnen würde. Er hat sich sehr verändert.«

»Was, meinst du, hat zu dieser Veränderung geführt?«, fragte ich.

»Geld«, sagte Ismet. »Sein Onkel hat plötzlich angefangen, große Geldsummen zu schicken.« Beim Wort »Onkel« bekam seine Stimme einen sarkastischen Unterton.

»Ich verstehe«, sagte ich. »Trotzdem, wenn du ihn triffst, sag ihm, dass er in Tarsus anrufen soll.«

»Geht in Ordnung«, sagte er.

»Wie ist's bei der Prüfung gelaufen?«

»Soso lala«, meinte er.

Ich verließ die »liberale« Kantine und stieg noch einmal die Treppe zur ersten Kantine hinab. Im Korridor blieb ich vor dem Anschlagbrett des Fotoclubs stehen. Außer einem Plakat für eine Foto-Ausstellung, die zwei Monate früher stattgefunden hatte, war dort nichts angeschlagen. Auf die Rückseite des Plakates schrieb ich in unübersehbaren Großbuchstaben: »Ibrahim Sari. Ruf mich an!« Darunter meine beiden Telefonnummern. Dann befestigte ich das Plakat mit der gleichen Reißzwecke wieder auf dem Anschlagbrett, doch so, dass meine Mitteilung sichtbar wurde.

Da ertönte hinter mir eine Stimme: »An sich hätten Sie mich fragen müssen, bevor Sie hier einen Anschlag anbringen ...« Eine selbstsichere, doch freundliche Stimme, die jugendlich klang.

Ich drehte mich um. Vor mir stand ein Mann in kurzärmligem Hemd, Krawatte und Wildlederschuhen, sorgfältig rasiert und mit Brille. Er stand da wie der Besitzer der Kantine, des Flurs, sämtlicher Anschlagbretter, der Rasenflächen draußen, ja vielleicht der gesamten Universität und schaute mich lächelnd und voller Selbstvertrauen an.

»Habe ich etwa die Regeln verletzt?«, fragte ich genauso freundlich.

»Ist nicht so schlimm«, meinte er. »Ich bin der Dekan für studentische Aktivitäten, mein Name ist Kurtar Toprak. Sie suchen Ibrahim, hat man mir gesagt.«

Der Nachrichtenfluss der Bosporus-Uni schien bestens zu funktionieren. »Kennen Sie ihn?«, fragte ich. »Ich habe eben einige seiner Freunde befragt, sie haben ihn alle seit längerem nicht gesehen.«

»Natürlich kenne ich ihn«, antwortete der Dekan. »Als ich von seiner Abwesenheit erfuhr, habe ich mich auch gewundert. Die Studenten meinten, Sie seien ein Verwandter …«

»Ihre Studenten sind ausgesprochen wissbegierig.«

»Ja. Besonders die in dieser Kantine misstrauen jedem nicht mehr ganz jungen Fremden«, erklärte Kurtar Toprak. »Sie halten nämlich das, was sie machen, für Politik. Außerdem glaube ich nicht, dass Sie aus Adana kommen …«

»Komm ich auch nicht«, gab ich zu. Es war an der Zeit, ein bisschen Bewegung in die Angelegenheit zu bringen. »Ich bin auch nicht mit Ibo verwandt.«

»Kommen Sie mit in mein Büro, da können wir uns unterhalten«, sagte Kurtar Toprak, fasste mich freundschaftlich am Arm und schob mich vorwärts.

# 4

Im Korridor des oberen Geschosses ging Kurtar Toprak an einer Sekretärin vorbei, die an einem mit Akten voll beladenen Tisch saß und in einem *MAD*-Magazin las. Er lenkte seine Schritte auf ein Büro zu, dessen Tür offen stand, und rief der Sekretärin zu: »Esin, mach uns bitte zwei Nescafés!«

Esin klappte ihre Zeitschrift zu mit einem Ausdruck, der besagte: Du machst dir doch sonst deinen Kaffee selbst, warum musst du ausgerechnet jetzt vor deinem Gast angeben!

Das Zimmer war winzig, und zudem voll gestopft mit Regalen voller Akten und Büchern, dazu zwei wahrscheinlich aus dem Besucherzimmer des Rektors stammenden alten Sesseln und einem Schreibtisch mit Computer und Drucker.

Im Gegensatz zu Yusuf Sari nahm Kurtar Toprak in seinem Chefsessel Platz. Er bot mir eine Zigarette an und sagte, als sei er mir eine Erklärung schuldig: »Draußen vor den jungen Leuten rauche ich nie.«

Ich schwieg. Ich wollte erst mal sehen, wie er mit der Tatsache umging, dass ich weder aus Adana oder Tarsus stammte noch Ibos Onkel war.

Wesentlich offener als seine Studenten, fragte er mich geradheraus: »Sie sind doch kein Polizist, oder?«

»Nein«, entgegnete ich.

»Was sind Sie denn?«

»Früher war ich Pilot.« Ich wusste aus Erfahrung, dass diese Worte die unerklärliche Kraft besaßen, ein Gespräch entspannter und freundlicher zu machen.

»Und was tun Sie jetzt?«, wollte er wissen. Die Regel funktionierte natürlich nicht immer.

»Es gibt immer wieder Leute, die mich beauftragen, für sie irgendetwas herauszufinden«, erklärte ich.

»Ich habe noch nie einen Privatdetektiv kennen gelernt.«

»Wir sind nicht sehr zahlreich.«

»Dann suchen Sie Ibrahim Sari also im Namen eines Auftraggebers?«

»Sein Onkel Yusuf Sari macht sich Sorgen. Ich war gestern bei ihm in Tarsus. Ich dachte, dass man mit der Suche nach einem Studenten der Bosporus-Universität am besten auf dem Gelände der Uni beginnt.«

»Sie hätten sich an die Administration wenden können«, wandte er ein.

»Kurtar Bey«, sagte ich. »Ich glaube nicht, dass Ibos Verschwinden einen wirklich ernst zu nehmenden Grund hat. Ich wollte der Sache nicht gleich einen hochoffiziellen Anstrich geben.«

»Da kann ich Ihnen nur zustimmen«, sagte Kurtar Toprak. »Wie heißen Sie eigentlich?« Ich nannte meinen Namen. »Remzi Bey«, sagte er jetzt, »ich ziehe es auch vor, kleinere Unregelmäßigkeiten, meinetwegen auch Vergehen, selbst aufzuklären, ohne sie an die große Glocke zu hängen. Das sind doch noch fast Kinder ... Zumindest muss man damit rechnen, dass sie Dummheiten machen.«

»Sicher. Auf welche Weise können Sie mir helfen, Ibrahim zu finden?«

»Lassen Sie mir ein wenig Zeit«, sagte er. »Ich kann seine Kommilitonen ausfragen, ohne dass die Sache wie eine offizielle Untersuchung aussieht oder gar den Charakter einer Menschenjagd annimmt und die jungen Leute in Aufregung bringt. Manche von ihnen – und das gibt es ja wohl überall – wissen einfach etwas mehr als die anderen. Und dann muss ich mal bei der Registratur vorbei, vielleicht hat er sich für dieses Semester abgemeldet«.

»So viel ich weiß, sind seine Noten in Ordnung«, warf ich ein. »Doch zum Examen heute Morgen ist er nicht erschienen.«

»Das kommt vor«, sagte Kurtar Toprak. »Ganz plötzlich fällt ihnen ein, dass es lustigere Dinge gibt, als in einem Examen zu sitzen.« Dann schien ihm noch etwas einzufallen: »Hat er hier an der Uni eine Freundin?«

»Sein Onkel sagt, nein«, antwortete ich.

»Wie soll sein Onkel in Adana das wissen! Das ändert sich hier doch von einem Augenblick zum andern.«

Dieser Kurtar Toprak gefiel mir immer besser. Ich überreichte ihm meine Visitenkarte, auf deren Rückseite ich die Nummer meines Mobiltelefons geschrieben hatte. »Wenn Sie irgendetwas herausfinden, rufen Sie mich bitte sofort an.«

»Selbstverständlich«, sagte er. »Wenn Ihr Weg Sie noch einmal zu uns herführt, kommen Sie bitte zuerst zu mir.«

»Ich werde daran denken«, sagte ich. Kurtar Toprak war offensichtlich daran interessiert, die Grenzen seines, wenn auch beschränkten, Kompetenzbereiches zu schützen. Wahrscheinlich hatte er seinen guten Grund dafür. Als ich sein Büro verließ, führte die Sekretärin gerade ein Telefongespräch. »O je«, rief sie mit gespielter Bestürzung. »Ich habe den Kaffee ganz vergessen!«

Ich beschloss, der Wohnung in Hisar einen Besuch abzustatten; anschließend würde ich die Krankenhäuser abklappern. Ich stieg also hinauf zum Parkplatz.

Etwa auf halbem Weg hörte ich hinter mir eine aufgeregte Mädchenstimme: »Entschuldigen Sie … Entschuldigen Sie, warten Sie einen Moment …«

Ich drehte mich um. Ein außergewöhnlich hübsches Mädchen in einem langen geblümten Trägerkleid kam den steilen Weg hinaufgelaufen, direkt auf mich zu. Sie war völlig außer Atem. Ihre schwarzen Haare waren ganz kurz geschnitten, ihre Lippen sehr fein. Wie mit einer schützenden Geste drückte sie die Aktenmappe vor ihre Brust. Ich erinnerte mich plötzlich an sie.

»Sie sind doch derjenige, der Ibo sucht, nicht wahr?«, fragte sie. »Ich habe in der Kantine gehört, wie sie mit Meltem sprachen …«

Meltem war wohl das Mädchen mit den weißen Beinen. Und das Mädchen vor mir hatte zwei Tische weiter gesessen und uns verstohlen beobachtet. Woher kannte ich bloß dieses Mädchen?

»Ibo …«, begann sie, doch dann schwieg sie wieder und schaute sich beunruhigt um, ob wir beobachtet würden. Woher kannte ich dieses Mädchen?

Ich wartete. Manchmal ist es das Beste, einfach abzuwarten.

»Weswegen suchen Sie Ibo?«, fragte sie jetzt. »Ganz ehrlich.«

»Ich suche ihn im Auftrag seines Onkels. Der macht sich große Sorgen, weil Ibo nicht von sich hören lässt.«

»Ist er sehr wütend auf Ibo?«

»Er ist eher beunruhigt. Ich glaube nicht, dass er wütend ist.«

Wir standen mitten auf der Straße. Ich zog mich langsam zur Steinmauer am Straßenrand zurück, und sie folgte mir. Über unseren Köpfen rankte Efeu.

»Ich wollte eigentlich …«, sagte sie und stockte. Sie schien unschlüssig.

»Bist du seine Freundin?«, fragte ich.

Sie antwortete mit einer anderen Frage: »Was werden Sie mit Ibo machen, wenn Sie ihn finden?«

»Ich werde ihm nur ausrichten, dass er seinen Onkel anrufen soll.« Und weil ich dachte, dass es nützen könnte, fügte ich hinzu: »Sein Onkel hat mir auch Geld für ihn mitgegeben, das möchte ich gern loswerden.«

»Ich weiß, wo er ist«, sagte sie jetzt.

»Prima. Wo denn?« Dabei ging mir durch den Kopf, dass ich für jeden Betrachter wahrscheinlich wirkte wie ein alternder Schürzenjäger, der gerade seine Lolita beschwatzen will.

»Sie dürfen aber niemandem sagen, dass ich es Ihnen verraten habe.«

»Das verspreche ich«, sagte ich. »Weswegen sollte ich das weitersagen?«

»Er ist in einem Haus in Ataköy. Er hat sich dort mit einer anderen Studentin eingeschlossen.«

»Arbeiten sie für die Prüfung?«

Das Mädchen begann plötzlich zu lachen. Zuerst lachte ich mit. Dann bemerkte ich, dass ihr Lachen seltsam wurde. Sie stieß nervöse Lachsalven aus und bedeckte ihr Gesicht mit der Aktenmappe. Gottlob war kein Mensch in der Nähe. Das Mädchen wurde jetzt ein wenig ruhiger, nur ihre Schultern begannen zu zittern. Sie weinte.

Ich nahm sie beim Arm. Ohne ein Wort zu sprechen, führte ich sie den Hang hinauf bis zum Parkplatz. Ihre Schluchzer kamen jetzt in größeren Abständen, sie weinte still. Ich öffnete die Tür und ließ sie auf dem Beifahrersitz Platz nehmen. Ich setzte mich ans Steuer, zündete eine Zigarette an und gab sie ihr.

Sie nahm einen Zug. Dann zog sie aus der Schachtel auf dem Armaturenbrett ein Papiertaschentuch, wischte sich erst die Tränen aus dem Gesicht und putzte sich dann die Nase damit. »Tut mir Leid«, sagte sie. »Ich hab plötzlich die Beherrschung verloren.«

Als der Zigarettenqualm sich im ganzen Auto ausbreitete, ließ ich mein Fenster herunter. Daraufhin öffnete sie das Fenster auf ihrer Seite, stützte den Arm auf den Rahmen und schaute hinaus. In solchen Situationen kann es nützlich sein, das Thema ein bisschen zu variieren. »Woher kenne ich dich?«, fragte ich deshalb.

»Sie haben mich wahrscheinlich im Fernsehen gesehen«, antwortete sie. »Ich bin Fotomodell.« Dann drehte sie sich brüsk zu mir um: »Ich werden Ihnen seine Adresse geben. Gehen Sie und finden Sie ihn«, sagte sie.

Sie riss eine Ecke von einem Blatt aus ihrer Mappe, kritzelte hastig etwas darauf und reichte es mir. »Finden Sie ihn«, sagte sie. »Ich brauche ihn!«

Dann stieg sie schnell aus und ließ die Autotür heftig zufallen. Fast rannte sie davon. Da fiel es mir plötzlich ein. Sinem. Sinem Kocamercan, das Model. Wenn ich nämlich nicht meine Cessna flog, sah ich ausgiebig fern. Man durfte also getrost folgern, dass im Augenblick Mädchen mit feinen Lippen besonders gefragt waren.

Nicht klar war mir allerdings, ob es in Ordnung war, Sinem Kocamercan als eine neue Klientin zu betrachten, mit der ich das Honorar noch nicht erörtert hatte.

# 5

Auf dem Zettel, den Sinem mir zusammengefaltet in die Hand gedrückt hatte, stand eine Adresse in Ataköy, komplett mit Straße, Block, Nummer des Appartements, Stockwerk und Wohnungstür. Noch während des Lesens lernte ich alles auswendig. Dann sah ich nach, ob vielleicht noch etwas auf der Rückseite stand. Nein. Ich zerriss das Stück Papier in kleinste Schnipsel und warf sie aus dem Wagenfenster.

Das Happy End war nahe. Meine Arbeit schien so gut wie beendet, bevor sie überhaupt begonnen hatte. Ibrahim Sari saß in einer Wohnung in Ataköy und stellte dort mit einer Freundin etwas an, was das Fotomodell Sinem Kocamercan zunächst zum Lachen, dann aber zum Weinen gebracht hatte. Ich hatte sein Versteck gefunden.

Ich musste also nur noch nach Ataköy fahren, mir den Ibrahim Sari vorknöpfen und ihm im sicher widerlichen Tonfall des verständnisvollen Erwachsenen klarmachen, dass er seinen Onkel anrufen und sich für all die Aufregungen entschuldigen musste. Und dann würde ich in Tarsus anrufen, dass meine Arbeit beendet sei, dass es ganz schnell gegangen sei und dass ich bereit wäre, einen Teil des Honorars zurückzuerstatten, wenn der Betrag auf dem Scheck zu hoch erscheine.

Ich wollte gerade den Zündschlüssel umdrehen, als mein Mobiltelefon läutete. Wenn jemals das Läuten eines Telefons »Unheil verkündend« klang, dann dieses. Ich nahm den Hörer ab und wartete.

»Remzi Ünal, du Arschloch …«, sagte eine Stimme am anderen Ende. Es war eine junge Stimme. Eine männliche Stimme mit einem sauberen Istanbuler Akzent. Ich antwortete nicht.

»Remzi Ünal, du Arschloch, bist du da?«, fragte die saubere Istanbuler Stimme.

»Ich bin hier«, sagte ich.

»Wenn du dich noch mal in das Uni-Gelände wagst, brech ich dir die Beine …«

»Mit wem spreche ich?«

»Was geht dich das an, du Arsch.« Ich versuchte, mich an die Stimmen aller männlichen Wesen zu erinnern, mit denen ich auf dem Uni-Hügel gesprochen hatte, und ich war ziemlich sicher, dass diese nicht dazugehörte.

»Was willst du von mir, junger Mann?«, fragte ich.

»Wenn wir dich noch mal hier auf unserem Hügel erblicken, machen wir dich fertig«, drohte die Stimme. »Und lass den Ibo in Ruhe.«

»Sind Sie ein Freund von ihm?«

»Was geht dich das an, Opa. Ich will dich hier nicht noch mal sehen, verstanden?«

Bevor ich antworten konnte, hatte er aufgelegt. Anscheinend war der Auftrag doch noch nicht ganz abgeschlossen.

So alberne, stümperhafte Drohungen, noch dazu von jemandem, der mindestens fünfunddreißig Jahre jünger war als ich, konnten mich schon längst nicht mehr kränken, erzürnen oder gar beunruhigen. Aber offensichtlich lief an der Universität irgendeine schiefe Sache, in die Ibrahim Sari verwickelt war. Und diese Sache schien so wichtig, dass Ibo es vorzog, für eine Zeit lang unterzutauchen. Um dies zu begreifen, hätte es eigentlich keinen Remzi Ünal gebraucht.

Ich ließ den Motor an. Mein Plan lief jetzt anders, ich würde zunächst einmal zu Ibos Wohnung in Hisar fahren.

Als ich aus dem Kasernentor herausfuhr, grüßte ich den Pförtner mit einer großartigen und würdevollen Gebärde. Ich wollte sichergehen, dass er mich sofort erkannte, falls ein weiterer Besuch der Uni nötig war.

In Hisar parkte ich mein Auto in sicherer Entfernung auf einem kleinen Platz, den ein riesiger Nussbaum schmückte. Bevor ich ausstieg, rief ich noch einmal in der Wohnung an. Niemand nahm ab.

Als ich das Haus gefunden hatte, zögerte ich keine Sekunde. Als wenn ich mein eigenes Haus beträte, zog ich an der durch ein Bohrloch in der Eisentür heraushängenden Schnur. Die Tür öffnete sich. Vor mir lag ein dunkles, muffiges Treppenhaus, das in die Tiefe führte. Ich strich mit der Hand an der Wand entlang und fand den Lichtschalter. Dann stieg ich die engen Treppen zwei Stockwerke hinab.

Am Ende der Treppe befand sich eine einzige Türe. Davor standen ein Paar abgetretene Schuhe. Das Schloss an der Türe war alt und verrostet. Es vermochte meinem auf einem Lissabonner Trödelmarkt erstandenen Dietrich nicht einmal eine Minute Widerstand zu leisten und ließ mich höflich ein.

Wenn man den geräumigen Eingang nicht mitrechnete, bestand die Wohnung aus zwei Zimmern. Sie roch nach Schimmel. Das einzige Lebenszeichen war das Brummen des Kühlschranks in der vergammelten Küche.

Das Zimmer auf der rechten Seite war das größere. Ein vorhangloses Fenster gab den Blick auf den Bosporus frei. Da das Grundstück nach unten abfiel, konnte man von draußen nicht hineinsehen. Also konnte ich unbesorgt das Fenster öffnen und etwas frische Luft hereinlassen.

Abgesehen von einigen Fotos an den Wänden war alles äußerst schäbig. Die gerahmten schwarzweißen Fotos schienen von einem professionellen Fotografen gemacht, der sich seines Stils allerdings noch nicht ganz sicher war. Den Landschaftsaufnahmen, Sonnenaufgängen, Schiffen und Lastträgern schenkte ich nicht allzu viel Aufmerksamkeit. Dagegen kann es durchaus sein, dass ich die acht Bilder mit seitlichem Lichteinfall, welche die

Brüste, Beine, den Rücken und die Hüften einer jungen Frau in Großaufnahme zeigten, etwas zu ausführlich betrachtete.

Auf dem Tisch neben dem Bett lagen ein paar Bücher, Ordner und englischsprachige Zeitschriften herum. Ich fand aber nichts Interessantes darunter.

Der zusammenlegbare, mit einem Reißverschluss zu öffnende Plastikkleiderschrank war leer, abgesehen von zwei auf Bügeln hängenden, ehemals weißen, jetzt gräulichen Hemden und einer zerknitterten Anzughose am Boden des Schrankes.

Ich schob das Bett ein wenig zur Seite. Es hätte mich sehr gewundert, dort nicht auf eine uralte *Penthouse*-Ausgabe zu stoßen. Ich bückte mich und entdeckte einen staubbedeckten, kleinen Koffer.

Er enthielt hauptsächlich Wäsche, weiße und bunte Unterhosen, Unterhemden, Strümpfe und Handtücher. Auffallend war bloß ein dünner weißer Briefumschlag, den jemand nicht gerade überzeugend unter dem zerrissenen Futter des Koffers versteckt hatte.

In dem Umschlag befanden sich vier Fotos. Für Kinder und Jugendliche nicht geeignet. Die Hauptrollen teilten sich Sinem Kocamercan, ein weiteres, mir unbekanntes Mädchen und ein erigiertes männliches Glied. Es handelte sich um Polaroidaufnahmen, die, so ließ der Aufnahmewinkel vermuten, von dem Besitzer des männlichen Gliedes gemacht worden waren. Die Reihenfolge der Aufnahmen gab mir das Gefühl, dass einige Stationen von der Regie absichtlich ausgelassen worden waren. Das Finale der Übung durfte man sich wohl schlüpfrig bis nass vorstellen.

Auf einem der Fotos waren die Gesichter der Mädchen besonders gut zu erkennen. Die Lippen, die ich vor kurzem noch als fein und dünn bezeichnet hatte, waren hier groß aufgerissen, größer als nötig, dachte ich. Unheimlich, wie ein menschliches Gesicht sich im Augenblick größter Erregung verändern kann. Ich steckte die Fotos in den Umschlag zurück und diesen in meine Hemdtasche. Dann schloss ich den Koffer und stieß ihn unter das Bett zurück. Pflichtbewusst ließ ich mir diesen Hauptgewinn in der Lotterie nicht zu Kopf steigen und durchsuchte auch das kleinere, noch schäbigere Zimmer. Doch da gab es nichts mehr zu gewinnen.

Ich schloss das Fenster und verließ leise die Wohnung. Ich gelangte zu dem kleinen Platz, setzte mich in mein Auto und zündete mir eine Zigarette an.

Der Auftrag war erledigt. Eigentlich musste ich mir jetzt Ibo vornehmen und ihm ein paar Fragen stellen. Aber warum eigentlich? Was gingen mich Ibos Affären an? Yusuf Sari hatte mich angestellt, um nach Ibo zu suchen, aber nicht, um herauszufinden, was für einen Umgang er in Istanbul pflegte! Ich entschied, erst mal Yusuf Sari anzurufen.

Die Sekretärin teilte mir mit ihrem albernen näselnden Ton mit, dass Yusuf Bey zum Essen gegangen sei. Ich lenkte mein Auto heimwärts. Vorher fuhr ich noch bei meinem Krämer vorbei und holte mir die Zeitung, die der Ladenjunge am Morgen mal wieder nicht gebracht hatte. Ich drohte, mein Abonnement zu annullieren, aber das würde auch nichts nützen.

Ich war gerade dabei, meinen Kaffee zu trinken und dabei die Zeitung durchzusehen, als das Telefon läutete. Es war Yusuf Sari.

»Gute Nachrichten, he?«, fragte er.

»Ja«, sagte ich. »Ich weiß, wo dein Schützling sich aufhält.«

»Hast du mit ihm gesprochen? Geht's ihm gut?«

»Nein, ich habe ihn noch nicht gesprochen«, antwortete ich. »Doch ich habe seine Adresse und werde gleich hingehen.«

»Ja, tu das, unbedingt. Hast du Orhan das Paket gegeben?«

»Nein«, sagte ich. »Ich habe ihn heute Morgen angerufen, da hat niemand abgenommen.«

»Um Gottes willen, Remzi, mein Guter«, rief er. »Geh bitte als Erstes dahin und gib ihm das Paket, der faule Hund ist jetzt sicher in seinem Büro.«

»Und Ibo?«, fragte ich.

»Nein, bring zuerst das Paket hin. Ibo läuft uns ja nicht weg.«

Bevor Yusuf Sari auflegte, rief er noch einmal: »Ich flehe dich an, erledige erst die Sache mit dem Paket!«

Ich holte das Paket vom Bücherregal herunter, wo ich es nach meiner Rückkehr aus Tarsus deponiert hatte. Offensichtlich war es ein wichtiges Paket. Und dass es zu Orhan Yilmaz gelangte, war wichtiger als Ibo. Nun ja, sagte ich im Geist zu Yusuf, du bist hier der Chef.

Ich wählte die Nummer der Yilmaz Productions, die ich im Kopf hatte, seit ich die Visitenkarte zerrissen und in den Müllcontainer meiner alten Schule in Tarsus geworfen hatte. Niemand nahm ab. Ich ließ es weiter läuten und wartete. Es klingelte noch ziemlich lange, bis endlich jemand abnahm.

Doch es meldete sich niemand.

»Halloooo …«, rief ich.

Keine Antwort.

»Halloo«, rief ich noch einmal. »Hier spricht Remzi Ünal. Ich möchte mit Orhan Bey sprechen.«

Am anderen Ende war kein Ton zu hören.

»Ist Orhan Bey nicht da?«, rief ich. »Ich würde ihn gern sprechen. Mein Name ist Remzi Ünal.«

Ich betonte meinen Namen, weil ich dachte, dass vielleicht Yusuf Sari inzwischen angerufen und meine Ankunft angekündigt hatte.

Doch niemand meldete sich. Dann wurde der Hörer aufgelegt.

Vielleicht ist das Telefon nicht in Ordnung, dachte ich. Oder die Leitungen sind mal wieder gestört. Ich versuchte es noch einmal. Diesmal wurde nicht abgenommen. Ich ließ es mindestens zehnmal läuten. Niemand nahm ab.

Ich legte auf und wählte die Nummer noch einmal. Alles umsonst.

Ich nahm das Paket, warf es in eine alte Fliegertasche und stürmte aus dem Haus.

In Taksim stellte ich meinen Wagen auf dem großen offenen Parkplatz neben dem Atatürk-Kulturzentrum ab. Ich nahm die Tasche und ging zu Fuß zur Siraselviler-Straße hinüber. Die sich in den Verkaufsständen drehenden Döner Kebabs erinnerten mich daran, dass ich allmählich hungrig wurde. Die Mittagszeit war längst vorüber, aber ich konnte jetzt nicht stehen bleiben.

Yilmaz Productions residierte im fünften Stock eines nicht sehr gepflegten, aus einem früheren Wohnhaus zurechtgebastelten Geschäftshauses. An der vergitterten Türe des Aufzugs hing ein Schloss, wohl damit nicht jeder Hergelaufene ihn benutzen konnte. Also machte ich mich ans Treppensteigen. Mit meiner Tasche in der Hand musste ich aussehen wie ein Kurier, der beauftragt war, eine lang anstehende Schuld einzukassieren.

Ich passierte zwei Schneidereien, ein Advokaturbüro, einen Frisör und eine Tür ohne Firmenschild und kam im fünften Stock an. Diesmal brauchte ich meinen Lissabonner Dietrich nicht zu bemühen, denn die Tür war angelehnt.

Schloss und Türrahmen waren unbeschädigt. Es sah aus, als ob jemand in äußerster Eile den Raum verlassen und die Tür nicht richtig zugezogen hatte.

Ich jedoch machte die Tür hinter mir zu, als ich hineinging. Es war mir nämlich danach, als ob mich eine Unannehmlichkeit erwartete. Und ich wollte vermeiden, dass jemand dazukam.

Ich bewegte mich in dem schwach erleuchteten Korridor vorwärts. Alle Türen waren geschlossen. Nur eine schwere, isolierte Tür mit der Aufschrift »Aufnahme – Eintritt verboten« stand offen. Ich trat ein.

Da war die Unannehmlichkeit. Ein etwa fünfunddreißigjähriger nackter männlicher Leichnam lag auf dem Teppich, auf welchem das Blut einen regelrechten See gebildet hatte.

# 6

Ich bin ja nur ein einheimischer Privatdetektiv. Ich gehöre weder zur Mordkommission, noch bin ich Staatsanwalt und auch nicht Gerichtsmediziner. Ich vertrete vielmehr einen ganz neuen Berufszweig mit äußerst unklaren Kompetenzen. Ich arbeite auf der Grundlage eines erst kürzlich mit Hängen und Würgen erlassenen Gesetzes, in einer Branche, von der die Behörden nicht so recht wissen, wie sie sie einordnen sollen, und die sie deshalb auch nicht besonders schätzen.

Aus diesen Gründen war meine erste Reaktion: Nichts wie weg!

Es fiel mir nicht im Traum ein, die Leiche genauer anzusehen, die Wunde zu inspizieren oder die Umgebung nach Beweisstücken abzusuchen. Ich verspürte nicht die geringste Lust, in einem filmreifen Gerangel mit den Ordnungshütern den Helden der Geschichte zu spielen. In Kürze würde es hier von Polizisten mit kugelsicheren Westen und schnurlosen Telefonen wimmeln. Sicher interessierte es sie brennend, ob ich Orhan Yilmaz gekannt hatte, was ich dort zu suchen hatte und so weiter. Die Polizei hatte ihren Job, ich hatte meinen. Wenn wir uns nicht in die Quere kamen, umso besser.

Trotzdem schaute ich mich kurz, das heißt während ich von eins bis fünfundzwanzig zählte, um. Das kleine Zimmer war ein ehemaliges Schlafzimmer, welches man in ein schalldichtes Aufnahmestudio verwandelt hatte. Dicht am Kopf des Leichnams lagen zwei Standmikrofone umgestürzt am Boden. Der Tote war nackt. Jemand musste ihm seine eigene Unterhose über die Hüften geworfen haben, sodass seine Genitalien bedeckt waren. Bei der Wand sah ich zwei halb volle Bierflaschen am Boden liegen. So etwas wie Geschosse oder Patronenhülsen oder andere Dinge, die man für das Fernsehen so schön wirkungsvoll mit Kreide umkreisen kann, war hier nicht zu sehen. Die Kleider des Mannes waren auch nicht da. Das Blut war aus der Schusswunde in seinem Bauch herausgeströmt und hatte sich in der Höhe seiner Leisten am Boden angesammelt.

Als ich bei fünfundzwanzig angelangt war, befand ich mich bereits an der Eingangstür des Appartements. Mit einem Zipfel meines Hemdes wischte ich die Teile der Tür ab, die ich berührt haben konnte. Dann ging ich hinaus und ließ sie genau so weit geöffnet, wie ich sie angetroffen hatte.

Ich lief schnell die Treppe herunter, wobei ich mir für alle Fälle das Gehabe eines Schrotthändlers zulegte, der gerade seine in Nachtclubs singende Geliebte beim Frisör abgeliefert hat. Auf der Straße angekommen, ging ich mit raschen Schritten weiter. Niemand rief hinter mir her, niemand forderte mich zum Stehenbleiben auf, ich hörte weder Polizeisirenen noch die Trillerpfeifen der Quartierswachen.

Mit der Tasche in der Hand lief ich weiter bis zum Parkplatz. Dort bezahlte ich die Parkgebühr und setzte mich in meinen Wagen. Ich wartete, bis mein Atem wieder etwas ruhiger ging. Als mein Puls sich normalisiert hatte, zündete ich mir eine Zigarette an.

Ein Mord ist eine schlimme Sache. Einer Spur zu folgen, die zu einem Mord führt, ist bereits schlimmer. Das Schlimmste aber ist es, einem Mann, der ermordet worden ist, ein Paket aus Tarsus übergeben zu wollen. Ich liebe mein Land, doch geht mein vaterländisches Bewusstsein nicht so weit, dass ich in diesem speziellen Falle bereit war, stundenlange Polizeiverhöre über mich ergehen zu lassen. Zumal ich auf einige Fragen sicher keine Antworten gewusst hätte. Wenn der Mörder sich die Freiheit genommen hatte, einfach fortzugehen, ohne die Polizei zu benachrichtigen, so fühlte ich mich jetzt genauso frei, nicht zur Polizei zu laufen.

Ich öffnete die Fliegertasche und zog das salamiähnliche Paket hervor. Dort, wo sich das Packpapier unter der Verschnürung spannte, machte ich ein Loch und stocherte mit dem Finger ein bisschen darin herum.

Die Lage wurde ernst. Denn durch das Loch sah ich jetzt den Zipfel einer Tausend-Dollar-Note. Es war anzunehmen, dass der Rest des Paketes aus gebündelten Stößen solcher Scheine bestand. Ich deckte das Loch sofort wieder mit den an seinem Rand herumhängenden Papierfetzen zu, warf das Paket in die Tasche zurück. Ich ließ den Motor an, schloss die Fenster und verriegelte die Türen.

Um diese Tageszeit gab es normalerweise keine Verkehrs- oder sonstige Kontrollen. Trotzdem fuhr ich auf dem Weg nach Hause mit größter Sorgfalt und unter Beachtung aller Verkehrsregeln.

Sobald ich mich in der Sicherheit meiner vier Wände befand, warf ich das Paket auf den Tisch und riss die Verpackung vollständig auf. Tatsächlich – das ganze Paket war prall mit nagelneuen Tausendernoten gefüllt. Ich verlor keine Zeit damit, sie zu zählen. Stattdessen steckte ich sie in die »Carte d'Or«-Schokoladeeis-Schachteln, welche die gute Frau, die einmal in der Woche meine Wohnung putzt, nie fortwerfen will. Ibos muntere Polaroidfotos legte ich auch gleich dazu. Das Ganze verstaute ich im hintersten Winkel meines Tiefkühlfachs.

Mal sehen, was Yusuf Sari hierzu zu sagen hatte!

Das Telefon auf dem Schreibtisch jenes zweitklassigen Zahnarzt-Wartezimmers in Tarsus läutete viermal. Ob Hasan wohl immer noch auf seinem Stuhl neben dem Tisch saß?

»Haaallooo«, sagte die Stimme des Fräuleins.

»Hier spricht Remzi Ünal«, sagte ich, »gib mir sofort den Yusuf Bey.«

»Ach, Remzi Bey, guten Tag noch mal«, sagte sie. »Yusuf Bey

ist weggegangen. Und zwar sofort, nachdem er mit Ihnen gesprochen hatte.«

»Hat er gesagt, wo er hingeht?«

»Nein. Er hat auch nicht gesagt, ob er noch mal vorbeikommt.«

Da war nichts zu machen.

»Hör gut zu«, sagte ich. »Es ist etwas Wichtiges vorgefallen. Ich muss unbedingt mit Yusuf Bey reden. Er soll mich umgehend anrufen.«

»Wird gemacht, Remzi Bey«, sagte sie. »Ist was Schlimmes passiert?«

»Nein, wieso denn«, antwortete ich.

Was sollte schon Schlimmes passieren?

Ich war zu sehr Realist, um mir wegen der in meinem Tiefkühler ruhenden grünen Tausender irgendwelche Illusionen zu machen. Doch der von Yusuf Sari ausgefüllte Scheck gehörte schließlich mir.

Ich stieg also in mein Auto und fuhr nach Levent zu der Zweigstelle der Bank, auf welche der Scheck ausgestellt war. Gottlob ließen sie mich nicht lange warten; der Scheck war gedeckt. Ich ging auch gleich auf das Angebot der Bank ein, bei ihnen ein Konto zu eröffnen. Ich ließ den Betrag gutschreiben und verließ fluchtartig das Lokal. Dabei schwor ich mir, bei künftigen Aufträgen nie wieder einen Scheck anzunehmen.

Auf nach Ataköy, sagte ich mir.

Ataköy ist ein Ort, welchen ich früher, als ich noch mit echten Flugzeugen und echten Passagieren flog, öfters mit kurzen, fröhlichen Besuchen beehrte. Ich mag die Gegend. Sie strahlt eine intensive urbane Atmosphäre aus, die mich irgendwie beruhigt.

Dass ich diesmal nicht sehr ruhig war, wurde mir klar, als ich feststellte, dass ich mich auf der E-5 viel schneller als erlaubt fortbewegte. Verkehrsmäßig musste irgendeine Anomalität vorliegen, beide Richtungen der Europastraße 5 waren so gut wie leer. Die Menschen haben sich wohl vor der großen Sommerhitze verdrückt, dachte ich mir. Ich machte das Radio nicht an.

Ich fand das Hochhaus, dessen aus unzähligen Nummern bestehende Adresse Sinem Kocamercan mir aufgeschrieben hatte und die ich jetzt aus meinem Gedächtnis abrufen konnte, ohne groß danach suchen zu müssen. Eine Straße weiter stellte ich mein Auto ab.

Sympathischerweise war hier die Benutzung des Aufzugs auch für die Allgemeinheit erlaubt. Mit mir zusammen fuhr ein Junge mit seinem Fahrrad auf der Schulter nach oben. Ich verließ den Lift im siebten Stock und benutzte die Treppe, um in den darunter liegenden zu gelangen.

Dort drückte ich den Klingelknopf, dessen Nummer Sinem Kocamercan angegeben hatte.

Es wurde nicht aufgemacht.

Ich drückte noch mal, diesmal etwas länger.

Die Tür ging immer noch nicht auf.

Diesmal ließ ich den Finger eine geraume Zeit auf der Klingel ruhen. Die Tür öffnete sich um genau den Spalt, den die Sicherheitskette im Innern zuließ. Ich nahm meinen Finger von der Klingel. »Hau ab«, sagte die Stimme eines für mich unsichtbaren Mädchens.

»Ist Ibo da?«, fragte ich.

»Ibo ist abgehauen, hau du auch ab«, sagte des Mädchen. Sie war betrunken.

»Mach die Tür auf«, sagte ich. »Ich komme von seinem Onkel.« Ich sagte ja schon, dass sie betrunken war. Jedenfalls kriegte auch Yusuf Sari seinen Teil ab aus dem nicht gerade reichen Schimpfwortrepertoire des Mädchens. »Ibos Onkel hat mir Geld für ihn mitgegeben. Nun mach schon auf, damit ich es dir dalassen kann, bevor der Hausverwalter oder sonst jemand dazukommt.«

Ich weiß nicht, ob es die Erwähnung des Geldes war oder die Drohung mit dem Hausverwalter, auf jeden Fall ging die Tür zunächst wieder ein wenig zu, dann wurde die Kette zurückgeschoben und die Tür ganz geöffnet. Ich trat sofort ein und machte sie hinter mir zu.

Ich hatte mich geirrt. Das Mädchen war nicht betrunken, sondern völlig voll gepumpt. Sie trug ein weites Schlabberkleid. Ihr Gesicht war totenbleich, ihre Augen schwammen mit leerem Ausdruck darin herum. Die Haare hatte sie nachlässig auf dem Kopf zusammengebunden, doch ganze Strähnen hingen rechts und links unordentlich herunter. Sie schien sie auch länger nicht gewaschen zu haben. Als ob das Öffnen der Türe ihre ganze knapp bemessene Energie aufgebraucht hätte, ließ sie sich an der Wand zu Boden gleiten.

»Wo ist Ibo?«, fragte sie.

»Ibo ist fortgegangen, das hast du doch selbst gesagt«, antwortete ich.

»Der Scheißkerl ist abgehauen«, sagte sie. Ich antwortete nicht. Ich ließ sie vor der Wand am Boden sitzen und sah mir schnell die kleine Wohnung an. Zwei Zimmerchen, ein winziges Wohnzimmer.

Wenn ich ihren Namen auch nicht wusste, so kannte ich das Mädchen doch. Es handelte sich um die andere junge Dame, welche sich mit Sinem Kocamercan und dem eifrigen männlichen Glied den Auftritt auf dem Polaroidabzug teilte.

Ich fasste sie unter den Armen und zog sie von ihrem Parterreplatz hoch. Da mir nichts Besseres einfiel, brachte ich sie ins Bad und tauchte ihren Kopf ins Waschbecken. Sie hielt ganz still unter dem Wasserstrahl und sagte nichts. Stattdessen trank sie ein bisschen von dem Wasser.

»Geht's dir besser?«, fragte ich.

»Wer bist du?«, fragte sie, während sie in den Spiegel über dem Waschbecken schaute, wo wir beide nebeneinander zu sehen waren.

»Hilft dir eine Tasse Kaffee?«, fragte ich.

»Es ist doch kein Kaffee da«, sagte sie. »Wer bist du denn?«

»Ich heiße Remzi Ünal«, sagte ich. »Und du?«

»Habe ich einen Namen?«, fragte sie.

»Ich kann ja Sinem danach fragen«, sagte ich.

»Arme Sinem«, sagte sie. »Die arme Sinem, die arme Zuhal ...«

Ich nahm sie mit einer Hand bei der Hüfte, mit der anderen hielt ich ihren Arm. So gelang es mir, sie auf einem der Sessel im Wohnzimmer abzusetzen. Doch sie rutschte, zusammen mit dem Polsterkissen des Sessels, auf die Erde. Ich hockte mich neben sie.

»Zuhal, wohin ist Ibo gegangen?«, fragte ich sie.

»Es kam ein Anruf. Danach ist Ibo weggegangen«, sagte sie und ließ den Kopf hängen.

»Wer hat angerufen?«

»Ibo hat das Telefon angeschrien«, sagte sie. »Ibo war wütend auf das Telefon.«

»Wo ist Ibo hingegangen?«

»Ibo ist müde geworden, und dann ist er weggegangen«, sagte sie. Dabei sackte ihr Kopf noch weiter nach vorn. Ich rüttelte sie an den Schultern, doch es nützte nichts. Ob sie sich an mich erinnern würde, wenn sie aufwachte?

Das Mädchen tat mir Leid, wie sie mit ihren nassen Haaren so dalag vor dem Sessel, von dem sie heruntergerutscht war, und mit dem Schlaf kämpfte. Drinnen gab es ja noch ein Zimmer und in dem Zimmer sicher auch ein Bett.

Als ich das Mädchen hochgenommen hatte und überlegte, in welche Richtung ich sie tragen wollte, läutete es an der Türe.

Da kommt Ibo zurück, sagte ich mir.

Mit dem Mädchen auf den Armen ging ich schnell am Bad vorbei in das größere der beiden kleinen Zimmer. Es klingelte noch einmal. Sei nicht so ungeduldig, Ibo, sagte ich zu mir selbst. Aber Ibo sollte doch einen Schlüssel haben! Nun, wenn er wirklich in großer Eile aus dem Haus gerannt ist, hat er ihn vielleicht vergessen. Ich warf das Mädchen auf das unordentliche Bett.

Als es zum dritten Mal läutete, war ich bereits an der Tür. Da mein Verstand jedoch weniger gut funktionierte als der der zugekifften Zuhal, kam ich nicht auf die Idee, die Tür erst einmal mit vorgelegter Kette einen Spalt breit zu öffnen, sondern machte sie einfach auf. Kaum war das geschehen, drückte einer der beiden Schlägertypen draußen mit Füßen und Schultern die Türe weit auf, während der andere hereinstürmte, mich an den Armen ergriff und in die Mitte des Zimmers schleuderte.

Während ich zu Boden fiel, machte ich eine halb instinktive, halb bewusste Bewegung, um diesen Fall in einen rückwärtigen *Ukemi* zu verwandeln. Ich hatte vor, mit einer Rückwärtsrolle so auf dem Boden zu landen, dass ich meinen Widersachern ins Gesicht sah und ihren nächsten Angriff parieren konnte. Irgendetwas musste ich jedoch falsch oder nicht ganz vollständig ausgeführt haben, jedenfalls landete ich auf dem Kopf.

Da es hier nicht die weichen Bodenmatten gab wie in unserem Dojo, wurde mir schwarz vor Augen. Ich nahm mir noch schnell vor, mein *Ukemi*-Training zu intensivieren, sobald ich wieder ins Leben zurückgekehrt war.

# 7

Wenn der Mensch aus dem Schlaf erwacht, möchte er sich doch erst einmal so richtig recken und strecken. Irgendwie wollte mir das diesmal nicht gelingen. Meine Hände schienen auf dem Rücken aneinander geklebt. Die Füße waren mir eingeschlafen, und mein Kopf schmerzte. Ich lag auf der Seite und hatte das unangenehme Gefühl, die unter dem Gewicht meines Körpers liegende Schulter samt daranhängendem Arm würde mir abgerissen.

Um ein wenig bequemer zu liegen, drehte ich mich auf den Bauch. Mit dem Ergebnis, dass mein Mund und meine Nase in einem nach Schweiß, anderen Körperausdünstungen, Zigarettenqualm und Staub stinkenden Plastikpolster versanken.

»Unser Gepäck ist aufgewacht«, sagte eine Stimme.

»Ha, ha, ha«, lachte eine zweite.

Allmählich kehrten meine fünf Sinne ins Leben zurück, und ich begann, kleine Erschütterungen und ein gleichmäßiges Verkehrsgeräusch wahrzunehmen; eine mir äußerst sympathische Mischung von Motorenlärm, Autoreifen- und Fahrtwindgeräuschen.

Und bald hatte ich auch begriffen, dass ich auf dem Rücksitz eines auf dem glatten Asphalt einer großen Straße sich fortbewegenden Autos lag. Um dem widerlichen Gestank der Vinylpolsterung zu entkommen, drehte ich meinen Kopf nach rechts. Dabei gerieten die hinteren Fußmatten in mein Blickfeld; ihr rautenförmiges Muster verriet mir, dass ich mich in einem Renault befand.

Um festzustellen, wie weit die Vorrichtung reichte, welche meine Hände und Füße bewegungsunfähig machte, ruckte ich meinen Rumpf ein paar Mal hin und her. Mein Manövrierfeld war zwar nicht gerade groß, reichte aber aus, mir klarzumachen, dass man keine Schnur benutzt hatte, um mich zusammenzubinden. Es handelte sich um ein anderes, breiteres Material, das nicht in die Haut einschnitt. Dafür war es umso unerbittlicher festgezurrt.

Jetzt erinnerte ich mich auch daran, wie ich nach meinem missglückten Versuch, auf dem Fußboden des Hauses in Ataköy einen verkehrten *Ukemi* zu landen, die Besinnung verloren hatte. Und dann fiel mir Zuhal ein. Was war wohl mit ihr passiert? Ich hoffte inständig, dass sie mit ihrem langen Kleid noch immer friedlich schlafend auf dem Bett lag, auf welchem ich sie deponiert hatte.

Ich beschloss, etwas auszuprobieren. »Ach«, stöhnte ich. »Aaaach!«

»Unser Gepäck stöhnt«, sagte die Stimme, die, wie ich jetzt begriff, vom Beifahrersitz herkam.

»Ha, ha, ha«, lachte die zweite Stimme.

»Aaach, mein Arm«, stöhnte ich weiter.

»Es geht nicht mehr lange«, sagte die erste Stimme.

Es handelte sich um ein wenig differenziertes Stimmorgan mit ländlichem Zungenschlag, eines von der Art, welches einen nie auf den Gedanken brächte, ein beispielsweise während einer Zugreise begonnenes Gespräch auf irgendein Thema außerhalb des Wetters auszuweiten. Diese Stimme war es gewohnt, kurz und bündig zu sprechen.

Ich stöhnte weiter.

»Halt's Maul«, sagte die Stimme. »Du kannst dich beim Boss beschweren.«

»Ha, ha, ha«, lachte der andere Mann wieder.

Der Renault, auf dessen Rücksitz ich lag, glitt mit gleichmäßiger Geschwindigkeit dahin. Ich bemerkte keinerlei Kurven oder Steigungen. Mit Sicherheit waren wir nicht innerhalb der Stadt. Da haben wir's, sagte ich mir; eine neue Leiche im Teufelsdreieck von Sakarya! … Dann verringerte das Auto seine Geschwindigkeit, während die Straße eine großen Bogen machte. Heeh, kehren wir etwa um, dachte ich zuerst, doch dann fuhren wir wieder geradeaus weiter.

Als die Schmerzen in meinem Arm so schlimm wurden, dass ich glaubte, er müsste gleich abfallen, stöhnte ich erneut. Diesmal war es echt.

»Nun heul mal nicht, wir sind ja schon da«, sagte die Stimme auf dem Beifahrersitz.

Der Motor drehte sich jetzt weniger hochtourig. Die Gänge wurden heruntergeschaltet, bis wir richtig langsam fuhren. Das Fahrgeräusch war jetzt ein von Kieselsteinen oder getrockneter Erde herrührendes Geknirsche. Dann hielt der Wagen an. Der Motor wurde abgestellt, die Türen geöffnet. Als die Tür über meinem Kopf aufging, spannte ich meinen Körper an.

Einer der Männer ergriff mich an beiden Schultern und zog mich wie einen Sack hinaus auf die Erde. Mein Rücken schlug in voller Länge auf dem harten Boden auf. Da wo mein Hemd hochgerutscht war, gruben sich spitze Steine in meine Hüfte. Der Schmerz in meinem Arm ließ sich inzwischen nur noch mit unerträglichen Zahnschmerzen vergleichen. Dann ergriffen sie mich, jeder an einem Arm, hoben mich leicht hoch und zogen mich vorwärts, sodass meine Füße über den Boden schleiften. Sie zogen mich vorbei an einem mit noch ganz jungen Baumstecklingen bepflanzten Terrain, welche sich wohl einmal zu einem künstlichen Wald auswachsen sollten. Dann stellten sie mich an der Außenwand eines kleinen unverputzten Gebäudes ab.

Die beiden hockten sich nun mit dem Rücken an die Wand, wie zwei Möbelschlepper, die gerade einen Umzug abgeschlossen haben. Einer von ihnen war ein rechter Hüne. Beide waren sie ausgestattet mit runden Gesichtern, Stiernacken und Schaufelhänden. Der größere der beiden Gorillas trug einen weißen, der kleinere einen grauen Anzug. Der Kleine holte jetzt eine Zigarette hervor und gab sie dem anderen.

Der Größere, dessen Stimme ich als die vom Beifahrersitz wieder erkannte, drehte sich zu mir um und sagte: »Willst du auch mal?«

Ich nickte.

Ohne aufzustehen, kam er mit der Hand, welche die Zigarette hielt, an mein Gesicht heran. Um ihm die Übergabe zu erleichtern, streckte ich ihm meinen Mund entgegen. Mit dem Rücken der Hand, die immer noch die Zigarette hielt, schlug er mir ins Gesicht und damit meinen Kopf an die Wand. Diesmal behielt ich aber die Besinnung.

»Ha, ha, ha«, lachte der Kleinere.

Damit fand unsere kaum begonnene Annäherung auch schon ein Ende. Die beiden Gorillas rauchten, drehten ein paar Runden und setzten sich wieder. Dann vergnügten sie sich mit einer Art primitivem Fußball, indem sie sich mit den Füßen kleine Kieselsteine zuspielten. Dann rauchten sie wieder. Mich ließen sie in Ruhe.

Das von hinten an uns herangetragene Rauschen schnell vorbeiziehenden Verkehrs hatte mir längst verraten, dass wir uns am Rande einer Autobahn befanden. Das noch nicht ganz fertige Gebäude sorgte dafür, dass man uns von der Straße aus nicht sehen konnte.

Wir warteten, bis es langsam dunkel wurde. Meine vor mir ausgestreckten Beine waren mit breitem Klebeband in mehreren Lagen fest umwickelt und kribbelten auf eine Art, dass es kaum auszuhalten war. An meine Arme wollte ich erst gar nicht denken. Alles, was ich in dieser Situation tun konnte, war, ganz langsam und tief einzuatmen und so zunächst meinen Brustkorb und dann – soweit das in meiner Sitzposition möglich war – mein Zwerchfell mit Luft zu füllen, welche ich anschließend ganz langsam wieder ausatmete. Dabei stellte ich mir die Luft, die ich in mich hineinsog, wie einen sich in meiner Brust verbreitenden, von da aus in meine Adern sickernden und durch meine Arme und Beine strömenden weißen Qualm vor.

Ich unterließ es bewusst, meine Lage genauer zu analysieren. Mit größter Disziplin fuhr ich fort, in der gleichen Art und Weise ein- und auszuatmen. Der weiße Qualm zog jetzt ruhig durch meinen ganzen Körper. An Zigaretten dachte ich nicht mehr. An Kaffee auch nicht.

Diese Zeit des Wartens zog sich hin, bis von der Vorderseite des Gebäudes her Schritte zu hören waren. Sobald die beiden vierschrötigen Kerle diese Schritte hörten, gerieten sie in Panik. Der große Gorilla ging sogar so weit, sein Jackett zuzuknöpfen. Der kleinere drückte seine Zigarette aus.

Jetzt kam mit schnellen Schritten ein Mann in gestreiftem Anzug auf uns zu. Er war nur halb so groß wie ich, dafür mindestens doppelt so schwer. In einer Hand hielt er eine Gebetskette. Seine Haare waren sorgfältig seitwärts über den Kopf gelegt. Außerdem trug er weiße Schuhe. Beim Gehen zog er einen Fuß leicht nach. In seinem dicken Kopf steckten unverhältnismäßig kleine Augen. Zwei Schritt hinter ihm kamen noch zwei Männer, die jeder wie eine Kopie des größeren Gorillas aussahen. Der jetzt vor mir stehende Mann schien mir nervös, dabei aber zu kontrolliert, um dies nach außen dringen zu lassen.

»Ist er das?«, fragte er, indem er mit der Nase auf mich wies.

»Ja, Chef, das ist er«, sagte der Große.

»Das ist nicht das Kerlchen, das wir suchen.«

»Der war aber in der Wohnung«, sagte der große Gorilla.

Der Mann bückte sich zu mir herunter und näherte sein Gesicht dem meinen. »Wo ist der Stoff, du Hurensohn?«, fragte er.

Der Ausdruck der Verwunderung auf meinem Gesicht war echt. Es fiel mir wirklich schwer, zu sprechen. »Was für ein Stoff, Chef, ich glaube, hier liegt ein Irrtum vor«, konnte ich nur mit Mühe hervorbringen.

Der Mann sprang auf, als wollte er sagen »So eine Scheiße!«. Dann drehte er sich blitzschnell einmal um sich selbst und trat mir plötzlich mit voller Wucht ans Bein. »Und wo ist der Hurensohn von Ibo, du Mistkerl?«

Ibo ist weggegangen, sagte ich still zu mir selbst. Ein Anruf kam, und Ibo ging. Laut sagte ich erst einmal nichts.

Daraufhin kam ein zweiter Tritt. »Wer bist du überhaupt, du Schweinehund?«

Hierauf konnte ich antworten.

»Ich bin Pilot«, sagte ich. »Ihr habt den falschen Mann.«

»Pilot? Was für'n Pilot denn?«

»Ein Pilot im Ruhestand«, sagte ich.

»Jetzt haben wir auch noch 'nen Piloten am Hals«, sagte der Mann. »Was hattest du in der Wohnung zu suchen?« Von dem Haus in Hisar hatte er wohl keine Ahnung.

»Sein Onkel hatte mich gebeten, mal nach dem Jungen zu schauen«, sagte ich.

»Yusuf?«, fragte er mit plötzlich wachsendem Interesse.

»Ja, Yusuf«, sagte ich. »Aus Tarsus.«

»Und was hast du mit Yusuf zu tun, verdammter Saukerl?«

»Wenn ich Ibo fände, wollte er mich dafür bezahlen«, sagte ich.

Er nahm zwei Schritte von mir Abstand und dachte nach. Dann drehte er sich zu dem Größeren. »Was habt ihr bei dem da gefunden?«

Der Gorilla zog aus der Tasche seines Anzugs meine Brieftasche und mein Schlüsselbund hervor und reichte beides dem Mann. Die Schlüssel interessierten ihn überhaupt nicht, er gab sie umgehend zurück. Den Inhalt meiner Brieftasche kannte ich ja: mein Führerschein, mein alter Turkish-Airlines-Ausweis, verschiedene Kreditkarten, etwas Kleingeld. Der Mann unterzog meine Papiere einer eingehenden Prüfung. Dann gab er sie mit der Brieftasche an den größeren Kerl zurück. »Hör mal, weißt du wirklich nicht, wo der Stoff ist?«, fragte er mich.

»Ich habe keine Ahnung von irgendwelchem Stoff, wirklich nicht«, antwortete ich. »Ich wollte nur den Ibo finden.«

»Und woher wusstest du von der Wohnung?«

»Die Adresse habe ich von einer von Ibos Bekannten an der Universität«, sagte ich.

»Habt ihr das Haus gut durchsucht?«, fragte er jetzt meine beiden Gorillas.

»In dem Haus ist kein Stoff, Chef, da kannst du ganz sicher sein«, sagte der Größere.

»Und das Mädchen?«

»Hab ich dir doch schon gesagt, Chef. Das Mädchen schlief wie ein Stein. Sie war völlig hinüber. Die hätte selbst mit dem Messer am Hals kein Wort gesagt. Dafür haben wir den hier mitgenommen und dir gebracht.«

»Ist ja schon gut«, meinte der Chef. »Der Hurenbock von Orhan lässt auch schon seit Tagen nichts von sich hören.«

Wissen ist Macht. Ich beschloss, ein bisschen von meiner Macht spielen zu lassen.

»Von Orhan werdet ihr überhaupt nichts mehr hören«, sagte ich.

»Was soll das heißen, Menschenskind?«, fragte der Chef. Ich schien plötzlich wichtig geworden zu sein.

»Wie wär's, wenn du dieses Klebeband hier aufmachen lassen würdest«, sagte ich. »Dann können wir vernünftig miteinander reden.«

»Der Kerl hat Nerven«, sagte er zuerst. Doch dann gab er dem großen Bodyguard ein Zeichen. Der schnitt mit einem großen Klappmesser die Klebebänder an meinen Füßen durch, anschließend auch die an den Handgelenken. Als die Spannung in meinen Gliedmaßen nachließ, krümmte ich mich vor dem plötzlich einschießenden Schmerz. Und als ich aufstand, musste ich mich an der Wand festhalten, um nicht hinzufallen. Doch langsam bekam ich die Sache in den Griff, und ich konnte auf beiden Füßen stehen.

»Eine Zigarette«, sagte ich, ohne mich an jemanden direkt zu wenden. Der Große reichte mir eine herüber, wobei er darauf bedacht war, mich nicht anzusehen. Er steckte sie mir auch an. Beim ersten Zug wurde mir schwindlig.

»Den Orhan haben sie heute über Mittag kaltgemacht«, sagte ich. »Ihr tätet sicher gut daran, seinem Laden fern zu bleiben.« Mit dieser Information war die vorübergehende Verbesserung meiner Lage sicher gut bezahlt.

»Verdammte Scheiße ...«, sagte der Chef zwischen zusammengebissenen Zähnen. »Und woher weißt du das?«

»Yusuf Sari hatte mich gebeten, mal bei Orhan vorbeizugehen«, sagte ich. Jetzt kam es darauf an, das meiste aus meinem Kapital herauszuholen. »Ich bin heute Nachmittag hingegangen. Da stand seine Tür offen, und er lag da auf dem Boden. Ich bin sofort abgehauen. Polizei und so weiter war noch nicht angerückt.« Natürlich sagte ich kein Sterbenswörtchen von dem Paket.

»Wer hat ihn um die Ecke gebracht?«, wollte er von mir wissen.

»Keine Ahnung«, sagte ich. »Könnte eine Weibersache sein. Er war nämlich nackt.«

»Ha, ha, ha!«, prustete der Kleinere heraus. Als der Chef ihn streng anblickte, verstummte er sofort.

»Sieht ganz so aus, als ob uns auch noch jemand beklauen wollte«, meinte der Chef jetzt. Dann sagte er eine Zeit lang nichts mehr. Er lief hin und her, fünf Meter vorwärts und fünf Meter zurück. Der Richter erwägt den Urteilsspruch, sagte ich mir im Stillen. Dann blieb er plötzlich vor mir stehen und sagte: »Mit dieser Information hast du dich aus der Schlinge gezogen. Ich lass dich jetzt laufen. Mach, dass du wegkommst. Im Grunde scheinst du in Ordnung zu sein. Wir haben dich ein bisschen gestreichelt, nichts für ungut. Doch du solltest uns lieber nicht noch mal in die Quere kommen.«

Ich sagte nichts. Unser Geschäft schien hiermit beendet.

Der Chef drehte sich um und ging weg. Seine Mannschaft folgte ihm auf dem Fuß. Als der Größere als Letzter an mir vorbeiging, warf er mir meine Brieftasche und mein Schlüsselbund zu. Ich ging langsam hinter ihnen her, wobei ich mich an der Wand festhielt.

Dann stand ich da, auf dem Grundstück einer halb fertigen Tankstelle, wahrscheinlich an der Autobahn nach Edirne, und sah einem Renault und einem Mercedes nach, die sich schnell davonmachten.

# 8

Inzwischen war es ziemlich dunkel geworden. Mir tat alles weh. Außerdem war ich hungrig.

Vorne rauschten Lastwagen, Busse und Privatautos vorbei, als ob es das nur hundertfünfzig Meter vom Autobahnrand entfernte riesige, als Service- und Erholungsstätte vorgesehene Grundstück mit dem dahinführenden geschotterten Weg, dem halb fertigen Gebäude und den pathetischen Bäumchen darauf überhaupt nicht gäbe und schon gar nicht einen gewissen Remzi Ünal, dem alle Knochen schmerzten, der hungrig, übermüdet und völlig demoralisiert war.

Der Zustand meines Gesichtes und meiner Kleider ließ es als keine gute Idee erscheinen, an die Straße zu gehen und ein Auto anzuhalten. Aber ich wusste, dass ich keine andere Wahl hatte.

Ich machte mich also auf den Weg zum Rand der Autobahn. Ich hatte gerade erst ein paar Schritte gemacht und mir eine glaubwürdige Erklärung zurechtgelegt, als ein Auto, das ich sofort als einen Renault 12 erkannte, mit blinkendem Signal von der Autobahn abbog. Es kam direkt auf mich zu.

Mein erster Gedanke war, dass der Chef es sich anders überlegt und für einen Mann, der ihn kannte und einiges über ihn wusste, eine radikale Lösung ins Auge gefasst hatte. Ich konnte es mir nicht leisten, diesen Gedanken in allen seinen Dimensionen zu Ende zu denken. Schnurstracks rannte ich in die Baumschule hinein. Wo die Stecklinge mir am dichtesten erschienen, warf ich mich auf den unkrautbedeckten Boden.

Der Renault 12 näherte sich langsam und hielt an, die Scheinwerfer wurden nicht ausgeschaltet. Ein Mann stieg aus, bewegte sich im Scheinwerferlicht seines Wagens wie ein bedrohlicher Schatten auf die Stelle zu, wo ich im Gras lag.

Ich drückte mich ganz platt auf den Boden und hielt die Luft an. Der Mann stand jetzt nur einen Schritt von mir entfernt. Damit mein erhelltes Gesicht mich nicht verriete, drückte ich es fest in den Boden.

Gerade als mir bewusst wurde, dass die Kerle ja doch beträchtlich mehr Zeit gebraucht hätten, um auf der Autobahn ihre Richtung zu ändern und zu mir zurückzukehren, hörte ich ein unmissverständliches Plätschern direkt neben mir. Ich rollte mich nach links, um mein Gesicht vor den hochspringenden Spritzern zu schützen, und rief: »Kannst du nicht woanders pinkeln, Freundchen?«

Der Mann machte vor Schreck einen Satz, und der Wasserstrahl brach jäh ab. »Wer ist da?«, rief der Mann, wobei er seinen Hosenschlitz zuknöpfte.

»Keine Angst, Landsmann«, rief ich. »Hab keine Angst.«

Ich stand auf und trat ins Scheinwerferlicht, damit er mich sehen konnte. Dabei zeigte ich ihm meine geöffneten Handflächen. Der Mann sah aus wie ein braver Familienvater, mit Krawatte, Brille und leicht schütterem Haar.

»Wie kann man sich denn auch da hinlegen!«, sagte er.

»Tut mir Leid, wenn ich Ihnen einen Schreck eingejagt habe«, sagte ich.

Der Mann begann zu lachen. Auch ich lächelte. »Tut mir wirklich Leid«, sagte ich noch einmal. Mir fiel nichts anderes ein, was ich ihm noch hätte sagen können.

Schließlich ergriff er die Initiative: »Willst du dich nun wieder ins Gras legen und warten, bis noch jemand auf dich pinkelt, oder soll ich dich mitnehmen?«

Der Mann wurde mir immer sympathischer.

Unterwegs kamen wir so richtig ins Gespräch. Er war Koordinator eines Computer-Verkaufnetzes und kehrte gerade von einer dreitägigen Verkaufskampagne zurück. Er hatte gute Abschlüsse gemacht. Der Mann war recht gesprächig. Doch er enthielt sich jeglichen Kommentars über mein äußeres Erscheinungsbild und stellte auch sonst keine Fragen. Dafür erzählte er mir Witze über die Dorfschöne und den Handelsreisenden, einen nach dem anderen. Ich hörte mir seine Geschichten an und lachte. Beim Lachen schmerzten meine aufgeplatzten Lippen.

Als wir uns bereits im Stadtgebiet befanden, stieg ich an einer Straßenecke, wo es Taxis gab, aus. »Pass auf, wo du hinpinkelst«, sagte ich beim Abschied.

»Und du, wo du dich hinlegst«, meinte er.

Ich hielt ein Taxi an und schmiss mich hinein. Als der Fahrer mich von nahem sah, schien er es zu bedauern, mich mitgenommen zu haben. Ich tat, als merkte ich nichts.

Ich stieg ein paar Straßenecken vor dem Haus in Ataköy aus. Nachts um zehn waren die Straßen hier schon menschenleer. Als ich vor dem Haus stand, zögerte ich hineinzugehen. Die Aussicht, eine weitere Leiche anzutreffen, hatte so gar nichts Reizvolles an sich. So ging ich unentschlossen eine Zeit lang auf und ab. Doch plötzlich war mein Entschluss gefasst. Wie jemand, der gerade gemerkt hat, dass er ohne seine Brieftasche das Haus verlassen hat, drehte ich mich schnell um und ging hinein. Ich nahm den Aufzug nach unten bis zu dem kleinen Appartement. Im Flur traf ich niemanden an. Ich hielt es für überflüssig, zu läuten. Dank meinem Lissabonner Drahtdietrich betrat ich in Sekundenschnelle die Wohnung, als sei es meine eigene.

Ich machte Licht. Ich lief in das Zimmer, wo ich Zuhal abgelegt hatte. Das Bett war leer, und alles, was sich darauf befunden hatte, lag jetzt verstreut am Boden. Ein wenig erleichtert durchsuchte ich die übrige Wohnung.

Die Kerle hatten ganze Arbeit geleistet. Die Polster der Sessel waren aufgeschlitzt, der Deckel der Wasserspülung im Bad lag am Boden; alles, was irgendwie nach Behältnis aussah, war umgestülpt oder von innen nach außen gekehrt. Der Chef hatte weder

Ibo noch den Stoff gefunden. Von Zuhal hatte er wohl nichts gewusst, oder er hatte sie nicht für wichtig gehalten.

Ich ging ins Bad und hielt meinen Kopf unter den Wasserstrahl des Waschbeckens. Das getrocknete Blut um meinen Mund herum wischte ich mit Toilettenpapier ab. Dann versuchte ich, etwas von der im Schlafzimmer am Boden liegenden Männerkleidung anzuprobieren, doch die Hosen wie die Hemden waren mir viel zu klein.

Bevor ich die Lichter ausknipste und die Wohnung verließ, benutzte ich noch das in einer Ecke am Boden stehende Telefon, um Yusuf Sari in Tarsus anzurufen. Ich ließ lange läuten, doch niemand nahm ab.

Als ich von weitem mein Auto an der gleichen Stelle fand, wo ich es abgestellt hatte, fühlte ich mich schon beinahe zu Hause. Doch da ich an diesem Abend allen Grund hatte, an meiner Kondition zu zweifeln, fuhr ich fast im Schritttempo auf Taksim zu. Als ich bereits auf dem Taksimplatz kreiste, bog ich, einer plötzlichen Eingebung folgend – wie ein Mörder, den es zum Ort seiner Untat zieht – in die Siraselviler-Straße ein und fuhr ganz langsam an dem Gebäude mit den Räumen der Yilmaz Productions vorbei. Von draußen war nichts Außergewöhnliches zu bemerken. Bevor ich in die Richtung zu meiner Wohnung einbog, gelang es mir noch, ohne das Auto zu verlassen an einem der auf Porno-Magazine spezialisierten Stände eine Zeitung vom nächsten Tag zu ergattern.

Zu Hause nahm ich erst einmal ein Aspirin, dann bestellte ich mir am Telefon eine Pizza. Ohne der Zeitung auch nur einen Blick zu gönnen, ging ich ins Bad und streckte mich in voller Länge in der Wanne aus. Bewegungslos lag ich unter dem wie ein wohliger Regen auf mich herabrieselnden Wasserstrahl und sah zu, wie mein Körper, einer Insel gleich, von den Wellen umspült wurde und schließlich unter diesen versank.

Die blauen Flecken an meinem von Steinen und Fußtritten malträtierten Körper und auch mein Kopf, der so unsanft mit dem Boden und der Mauer in Kontakt geraten war, alles tat mir im Wasser zuerst noch einmal gehörig weh, doch dann wurde mir immer wohler. Und als die warme Flut auch über meine Schultern angestiegen war, fühlte ich mich bereits viel besser.

Ich hatte mich gerade wieder angezogen, als es läutete. Ich öffnete erst, nachdem ich mich überzeugt hatte, dass es sich tatsächlich um den Pizzaboten handelte. Ich gab ihm ein Trinkgeld, das ihm die Sprache verschlug.

Ich stellte die Pizza neben die Zeitung, die bereits aufgeschlagen auf dem Tisch lag. Dann zappte ich noch mal schnell durch alle Kanäle meines Fernsehers, wobei ich etwas länger bei einem Sender verweilte, welcher stets besonders ausführlich und farbig über sämtliche Blut- und sonstige Untaten berichtet. Dort lief gerade ein türkischer »Rambo«-Streifen. Ich drückte die Stumm-Taste und kehrte zu meiner Zeitung zurück.

Orhan Yilmaz war zu einer günstigen Zeit umgebracht worden. In aller Ruhe konnten die Nachrichten gesammelt, die Fotos geschossen und die Berichte geschrieben werden.

Die Nachricht, welche in der regulären Zeitung vom folgenden Tag – da war ich sicher – wesentlich kleiner erscheinen würde, nahm ein Viertel der ersten Seite ein. »Der nackte Tod eines Drogenhändlers!« Wenn man die vielen Wiederholungen und das schmückende Beiwerk beiseite ließ, mit welchem diese Nachricht zu einer Sensationsmeldung aufgebauscht worden war, so konnte man Folgendes erfahren:

*Der schon seit längerem von der Polizei beobachtete Drogenhändler Orhan Yilmaz wurde um die Mittagszeit in seinem als Deckadresse benutzten Tonstudio mit einem 7.65er-Revolver erschossen. Die Leiche wurde von einem Laufburschen des Kebab-Salons gefunden, als dieser das vorher telefonisch bestellte Adana-Kebab für zwei Personen abliefern wollte. Da die Leiche des Orhan Yilmaz unbekleidet war, liegt der Verdacht nahe, dass bei dem Mord ein sexuelles Motiv mitgespielt haben könnte. Da der Mord in einem schalldicht isolierten Aufnahmestudio erfolgte, hat niemand den Schuss gehört. Die Kugel stammt aus dem eigenen angemeldeten Revolver des Opfers, der jedoch nicht gefunden wurde. Da das Geschäftshaus den ganzen Tag über rege besucht wird, konnte der Mörder, ohne Aufsehen zu erregen, in den zweiten Stock gelangen. In dem Büro wurde sonst nichts Belastendes gefunden. Es werden breit gefächerte Untersuchungen durchgeführt. Die Polizei verhört zurzeit einige Sängerinnen, mit denen Orhan Yilmaz in letzter Zeit in seinem Tonstudio Kassettenaufnahmen gemacht hatte.*

Die Nachricht wurde ergänzt durch ein aus dem Führerschein des Orhan Yilmaz stammendes Passfoto und eine Aufnahme vom Tatort, bei welcher die Blutlache schön im Vordergrund sichtbar wurde. Obwohl sie jetzt bedeckt war, stellte ich fest, dass die Leiche sich in einer anderen Position befand. Da hatte jemand an dem Mann herumgespielt.

Als ich meine Pizza aufgegessen hatte, wurde ich schläfrig. Doch ich wollte mir die gleiche Nachricht in noch mal farbigerer Version auf besagtem Kanal ansehen und setzte mich in meinen Sessel vor dem Fernseher. Bald musste ich jedoch einsehen, dass ich viel zu müde war. So steckte ich die erste Kassette, derer ich habhaft werden konnte, in meinen Videorecorder, spulte sie zurück und drückte den Aufnahmeknopf. Dann löschte ich alle Lichter und ging zu Bett.

Vielleicht war es die Pizza, ich weiß es nicht, auf jeden Fall saß im Kopilotsessel meiner DC 100, die ich in dieser Nacht mehr als einmal unsanft aufsetzte, Orhan Yilmaz. Es widerspricht zwar den Statuten der Turkish Airlines, das weiß ich auch, aber er war nackt.

# 9

Ich wurde geweckt von der Stimme Yusuf Saris, die durch meine Wohnung dröhnte.

In der kurzen Spanne zwischen Schlaf und Erwachen gewann ich zunächst erst einmal den Eindruck, dass dieser mit dreißig bewaffneten, aus den Bergen mitgebrachten Männern in mein Haus eingedrungen war und die Zimmer, das Bad und die Küche durchsuchte, wobei er schrie: »Wo bist du, Remzi Ünal? Wo bist du? Ich muss dich unbedingt sprechen!«

Während ich mich noch verwundert fragte, warum der Kerl da drinnen herumschrie und nicht zu mir ins Schlafzimmer kam, wachte ich vollständig auf. Yusuf Saris Stimme tönte mir laut und aufgeregt von meinem Telefonbeantworter entgegen.

Mit einem Satz war ich aus dem Bett. Ich rannte durch den Flur und flog förmlich auf den Tisch mit dem Telefon zu, aus Angst, dass er auflegen könnte. Als ich den Hörer an mich riss, fiel das Telefon zu Boden. Ich setzte mich daneben und stieß hervor: »Hier bin ich, Yusuf. Ich bin hier, leg nicht auf.«

»Wo steckst du denn, Menschenskind«, sagte er.

»Ich hab geschlafen. Als ich deine Stimme auf dem Beantworter hörte, bin ich sofort losgerannt«, sagte ich.

»Na, Gott sei Dank«, sagte er. »Hör zu, Freund, ich bin seit zwölf Stunden unterwegs und habe seitdem kein Auge zugetan, und du liegst faul im Bett und schnarchst … Hast du das Paket abgegeben?«

Ich war jetzt wach genug, um mir denken zu können, dass er von den Vorfällen Wind bekommen und wohl auch selbst einiges zu befürchten hatte. Von meinem Platz am Boden aus beugte ich mich vor – so weit, wie die Telefonschnur mir dies erlaubte – und schaute auf die Uhr im Entree. Es war gerade erst kurz nach sieben. Statt seine Frage zu beantworten, fragte ich: »Wo bist du jetzt?«

»Was geht dich das an«, rief er wütend. »Hast du das Paket abgegeben?«

»Hör zu«, sagte ich. »Wir müssen miteinander reden.«

»Dreh bloß kein krummes Ding, sonst mach ich dich nämlich fertig«, sagte er.

»Beruhige dich doch, Yusuf«, sagte ich. »Ich hab doch nicht gesagt, dass ich das Paket behalten will, nur dass wir uns unterhalten müssen.«

»Du hast wohl reingeschaut, du Saukerl, nicht wahr?«

»Der Inhalt ist mir nicht ganz unbekannt geblieben.«

»Wo ist es jetzt?«, wollte er wissen.

»Wo bist du?«, fragte ich stattdessen. »Und reg dich erst mal ab und hör auf zu fluchen.«

»Ist doch egal, wo ich bin«, sagte er. »Ich bin halt da, wo ich gerade bin. Sag mir lieber, wo wir uns treffen können.«

Endlich … Ich überlegte mir, wo ich den Kerl am besten hinlocken könnte. Zu dieser Stunde waren alle Lokale, in denen ich mich in der Gesellschaft Yusuf Saris sicher gefühlt hätte, geschlossen. Schließlich fiel mir die Lösung ein.

»Kennst du die Gegend von Akatlar?«, fragte ich ihn.

»Hasan findet das schon«, meinte er.

»Gleich hinter Akatlar liegt eine große städtische Sportanlage«, sagte ich. »Komm zum Hallenstadion im Parterre des Hauptgebäudes.«

»Um wie viel Uhr?«, fragte er.

»Entscheide du, ich kann mich nach dir richten.«

Er zögerte ein Weilchen. Wahrscheinlich versuchte er, im Geiste einen Istanbuler Stadtplan aufzuschlagen. »Der Verkehr rollt flüssig im Augenblick; in einer halben Stunde bin ich da.«

»In Ordnung«, sagte ich.

Das Hallenstadion lag ganz in der Nähe meiner Wohnung. Oft drang zu den ungewöhnlichsten Nachtzeiten das Gekreische der

Fußballfans durch die Stille bis zu mir herüber. Selbst wenn rundum der Strom ausfiel, lag der Platz dank der eigenen Stromversorgung die ganze Nacht über im Flutlicht.

Ich hatte eine halbe Stunde Zeit. Ich setzte mein Kaffeewasser auf und ging unter die Dusche. Der Schlaf hatte meinen Prellungen, Quetschungen und Hautabschürfungen gut getan. Dann trank ich meinen Kaffee, während ich vom Fenster aus auf die menschenleere Straße schaute. Nur ein, zwei Autos fuhren vorbei.

Yusuf Sari war also in Istanbul. Kaum hatte er Wind von der Sache bekommen, war er hergeeilt. Ich musste mit einer ganz veränderten Sachlage rechnen; Ibo würde ihn wohl kaum noch interessieren, stattdessen dürfte er einige Forderungen an mich haben. Einen Augenblick erwog ich allen Ernstes, ein neues Versteck für das Geld zu finden. Doch dann ließ ich alles beim Alten. Da musste erst mal jemand kommen, dessen Macht so weit reichte, dass er seine Hand bis zu den Schachteln in der hintersten Ecke meines Tiefkühlgerätes ausstrecken konnte!

Schließlich machte ich mich an einige Aikido-Aufwärmübungen, um diese Gedanken loszuwerden. Jetzt im Sommer war unsere Gruppe völlig verstreut; wir hatten unser Training unterbrochen. Ich stellte fest, dass mir die Zusammenkünfte fehlten. Während zwölf Minuten setzte ich meine Aufwärmübungen fort. Die Konzentration ließ allerdings zu wünschen übrig.

Sobald es an der Zeit war, machte ich mich auf den Weg. Das Stadion hätte ich gut zu Fuß erreichen können, doch zog ich es vor, mit dem Wagen hinzufahren, für den Fall, dass ich ihn später brauchte.

Auf dem Parkplatz unter dem Hallenstadion standen drei Autos, doch der Mercedes von Yusuf Sari war nicht darunter. Ob Hasan es nicht gefunden hat, fragte ich mich, während ich nach oben stieg. Dort fand ein erbittertes Spiel ohne Zuschauer statt.

Ich ließ mich auf einen der weniger lädierten Plastikstühle auf der obersten Tribüne fallen, wie jemand, der nichts mehr zu tun hat, aber noch nicht so recht müde ist.

Und so begann ich einem Spiel zuzusehen, bei dem sich niemand die Mühe gemacht hätte, die Tore noch einmal in Zeitlupe zu zeigen.

Nach dem fünften Torschuss tauchte Yusuf Sari vor dem Drahtgitter des Platzes auf. Offenbar hatte er sich vor seiner Abreise trotz aller Eile noch schnell in Schale geworfen, so wie er sich das als passend für Istanbul vorstellte. Er trug einen leichten, völlig zerknautschten Anzug, Krawatte und blank polierte Schuhe. In einer Anzugtasche steckte eine zusammengefaltete Zeitung. Hasan folgte vier Schritte hinter ihm. Auch er trug sein Jackett.

Um Yusuf Sari für seine unflätige Sprache am Telefon zu bestrafen, erhob ich mich nicht von meinem Platz. Er schaute erst einmal auf den leeren Plastikstuhl neben mir. Der gefiel ihm gar nicht, doch der an meiner anderen Seite war noch schlimmer, und ihm blieb nichts anderes übrig, als sich auf den dritten angepeilten Stuhl zu setzen. Dadurch blieb zwischen uns ein Stuhl frei.

»Tut mir Leid, ich hab mich wohl im Ton vergriffen.«

Ich sagte es ja schon, Yusuf Sari besaß hin und wieder die Fähigkeit, die Gedanken seines Gegenübers zu lesen. Als Hasan sah, dass wir uns ganz normal unterhielten, setzte er sich in einem Abstand von zehn Metern von uns hin. Doch schaute er nicht auf das Spiel, sondern ließ uns nicht aus den Augen.

»Ist schon gut«, sagte ich.

Die Jungs auf dem Spielfeld schrien »Elfmeter!«

»Was soll jetzt werden?«, fragte Yusuf Sari.

»Versuch doch mal, die Wahrheit zu sagen«, entgegnete ich.

Die Jungs entschieden, dass es kein Elfmeter gewesen war.

»Die Wahrheit ist, dass Ibo Mist gebaut hat«, sagte er.

»Er hat versucht, auf eigene Rechnung zu arbeiten«, sagte ich.

»Genau.«

»In der Bosporus-Universität«, sagte ich.

»Genau, sagte er.

»Seit wann?«, wollte ich wissen.

»Seit einiger Zeit schon hat er sich gelegentlich etwas von dem Stoff abgezweigt«, sagte Yusuf Sari. »Anfangs habe ich nichts dazu gesagt. Ich dachte mir, das macht er, um sich die Mädchen gefügig zu machen. Er ist ja jung, soll er sich doch amüsieren.«

Das sechste Tor war das Ergebnis eines vom linken Flügel ausgehenden Angriffs.

»Und dann?«, fragte ich.

»Und dann kam er zu mir mit dem Vorschlag: ›Onkel, lass uns doch in der Uni operieren.‹ Er habe alles gut vorbereitet und die erforderlichen Kanäle geöffnet. Ich wollte zuerst nicht. Die Bosporus-Universität ist ein heißes Pflaster. Das sind doch alles Kinder reicher Eltern, das Rauschgiftdezernat passt da besonders gut auf. Da kann unsereins doch keine Geschäfte machen. Wer nur ein bisschen bei Verstand ist, lässt die Finger von der Uni. Wo doch ganz Istanbul auf einen wartet!«

»Das stimmt allerdings«, sagte ich. Man sollte wirklich aufpassen, wo man hinpinkelt.

»Und vorige Woche hat er Mist gebaut und die Ware nicht an ihrem Bestimmungsort abgeliefert. Er ist eben ein Kindskopf, ein Amateur.«

Der Torwart im linken Spielfeld hielt gerade einen fantastischen Schuss. Sogar der Torschütze klatschte ihm Beifall.

»Und jetzt ist der Chef wütend«, sagte ich.

»Er schäumt vor Wut«, sagte Yusuf Sari. Dann wurde ihm plötzlich klar, was ich gesagt hatte. Er stand auf und fingerte nervös am Maschendraht herum, der unsere Tribünen vom daneben liegenden Tennisplatz abtrennte. Sichtlich bemüht, sich zusammenzunehmen, setzte er sich wieder. Sein Gesicht war schweißbedeckt.

»Woher kennst du den Chef?«, fragte er.

»Wir hatten Gelegenheit, uns kennen zu lernen«, antwortete ich.

»Und was hat er gesagt?«

»Er hat gesagt, dass er Ibo in Stücke reißt, wenn er ihn findet«, sagte ich. »Auch mich hätte er ums Haar dieser Behandlung unterzogen.«

»Das sieht ihm ähnlich, weiß Gott«, meinte Yusuf Sari. »Mich hat er auch auf dem Kieker, weil ich, wie er meint, Kinder anstelle. Dabei ist Ibo doch ein großer, kräftiger Kerl. Aber der Chef hat sich wahnsinnig aufgeregt am Telefon. Wahnsinnig.«

»Er will seine Ware«, sagte ich.

»Er will seine Ware oder das Geld«, meinte Yusuf Sari. »Ich glaube, er will sogar beides gleichzeitig. Und nach diesem Reinfall will er mich vor allem richtig fertig machen.«

Der jüngste Spieler im Stadion landete mit einem vom Mittelfeld aus abgeschossenen Ball das siebte Tor. Er und zwei andere Spieler seiner Mannschaft, die ihn auf die Schulter nehmen wollten, rollten sich jetzt am Boden.

»Jetzt sag mir bitte die volle Wahrheit, Yusuf Sari«, stellte ich ihn zur Rede, »hast du mich angestellt, um Ibo zu suchen oder um das Geldpaket zu überbringen?«

»Auf das Geld bin ich erst später gekommen«, antwortete er. »Als ich es fertig verpackt unter dem Tisch liegen sah, da dachte ich mir, das ist doch eine gute Gelegenheit, es schnell mit dir loszuschicken. Ich hatte schreckliche Angst, dass der Chef den Jungen fertig macht, wenn er ihn findet. Das würde der wirklich tun. Ich dachte mir, du könntest Ibo finden, damit wir ihn ohne Aufsehen verschwinden lassen können. Auf jeden Fall wollte ich, dass du ihn vor dem Chef findest.«

»Warum bist du nicht selbst nach Istanbul gekommen?«

»Schau her, mein lieber Remzi«, sagte er. »Ich habe nicht umsonst gesagt, dass du der richtige Mann für diese Aufgabe bist. Du kannst ihn hier in Istanbul sicher viel schneller aufstöbern als ich. Das ist doch dein Revier hier.«

»Ja, und außerdem bin ich gut als Kurier zu gebrauchen.«

»Ich schwöre bei Gott und dem heiligen Koran, dass ich darauf erst später gekommen bin«, rief Yusuf Sari. »Erst als ich es da unter der Tischplatte liegen sah. Du wolltest ja am gleichen Abend zurückfliegen. Ich dachte mir, es wäre gut, wenn Orhan das Geld schon mal hätte, für den Fall, dass es nötig würde, den Chef zu besänftigen, wenn der noch mehr in Rage geriet.«

»Wer, meinst du, hat Orhan umgebracht?«, fragte ich.

»Ganz sicher der Chef«, antwortete Yusuf Sari. »Oder irgendwelche anderen Kerle, mit denen er krumme Dinger dreht.« Er zog die Zeitung aus seiner Jackentasche und zeigte auf ein Foto, welches die Sachlage noch wesentlich besser wiedergab als jenes, das ich am Abend zuvor gesehen hatte. »Sieh mal, sie haben dem Armen den Schwanz abgeschnitten.« Mit einer erschreckten Schutzgeste beugten wir uns beide gleichzeitig leicht nach vorn und kreuzten unsere Hände vor unseren Zeugungsorganen, obwohl diese sich doch durchaus in Sicherheit befanden. Vorläufig jedenfalls. Ich nahm ihm die Zeitung aus der Hand und sah mir das Foto genauer an. Es war ganz klar ersichtlich, dass das Blut aus der Bauchwunde sich mit demjenigen vermischt hatte, welches von der Leistengegend her hervorgesprudelt war.

»Woher hast du erfahren, dass sie Orhan um die Ecke gebracht haben?«, wollte ich jetzt wissen. Ich beabsichtigte nicht, ihn wissen zu lassen, dass ich selbst den Chef darüber informiert hatte. Es passte mir vorläufig nur zu gut, dass Yusuf Sari sich so recht ordentlich vor dem Chef fürchtete.

»Du hast doch angerufen und gesagt, dass du wüsstest, wo Ibo steckt«, sagte er. »Ich war so erleichtert, dass ich gleich zu meiner Mätresse nach Mersin gerannt bin. Die hat die Angewohnheit, hinterher immer vom Bett aus den Fernseher anzumachen. Und da wurde gerade darüber berichtet. Ich war völlig fertig. Hab mich sofort mit Hasan auf den Weg gemacht. Und wir sind hier angekommen, ohne auch nur einmal Rast zu machen, kannst du mir glauben.«

Zehn bis zwölf junge Burschen im Fußballdress begannen, sich am Rand des Spielfeldes mit ihren Bällen aufzuwärmen.

»Wie soll's jetzt weitergehen, Yusuf Sari?«, fragte ich.

»Finde du den Ibo, Remzi«, sagte er. »Finde ihn, bevor der verrückte Chef ihn findet.«

»Wird gemacht«, sagte ich. »Und das Geld?«

»Das Geld kann vielleicht helfen, das Leben des Jungen zu retten«, sagte Yusuf Sari. »Es ist Geld, das der Chef für die nicht erhaltene Ware bezahlt hat. Wir müssen also Ibo finden und den Stoff dem Chef übergeben oder ihn anflehen, das Geld zurückzunehmen und Ibo zu vergessen. Den Stoff oder das Geld.«

»Oder beides gleichzeitig«, sagte ich.

»Glaub mir, weder an der Ware noch an dem Geld liegt mir noch was. Nichts liegt mir mehr daran, Hauptsache, dass wir den Jungen lebend aus dem Schlamassel ziehen.« Dann fügte er hinzu, als sei ihm gerade ein glänzender Gedanke eingefallen. »Behalt du das Geld. Statt bei Orhan kann es genauso gut bei dir liegen. Und wenn wir Ibo nicht finden, kannst du dem Chef das Geld überbringen.«

Die Neuankömmlinge liefen jetzt ins Stadion ein und begannen zu spielen. Yusuf Sari griff plötzlich nach meinen Händen und rief: »Hilf mir bitte, lieber Freund. Dem Jungen gegenüber habe ich seit seiner frühestens Kindheit eine Schuld abzutragen …«

Hier hatte ich Gelegenheit, das Entscheidungstor zu platzieren: »Du hast einen Unschuldigen baumeln lassen. Da kannst du dich noch so anstrengen, das wirst du nie wieder gutmachen können.«

# 10

Yusuf Sari machte nicht einmal den Versuch, meinen Treffer zu parieren. Mit gebeugtem Kopf saß er stumm da, in einem schmuddeligen Plastiksessel auf der Zuschauertribüne der städtischen Sporthalle, die Hände schwer auf seine Knie gestützt. Es entstand ein längeres Schweigen zwischen uns, das ich dazu benutzte, die neu eingelaufene Mannschaft zu mustern. Sie war im Durchschnitt älter als die vorige und spielte entsprechend steif und fantasielos. Sicher würden die Spieler sofort nach dem Abpfiff, verschwitzt wie sie waren, an ihre Arbeitsplätze eilen.

Wir saßen also beide schweigend da an diesem viel zu frühen Morgen. Hasan beäugte uns noch immer von weitem. Er hatte die eigenartige Spannung zwischen uns beiden sicher mitgekriegt, rührte sich aber nicht vom Fleck.

Schließlich sagte Yusuf Sari: »Ich muss schlafen.«

»Du kannst in meine Wohnung gehen«, sagte ich. »Sie liegt ganz in der Nähe.«

Die Frage, wer das »Luxuseis« verspeisen würde, war ja geregelt.

»Danke schön«, sagte er. Eine Antwort, die nichts darüber aussagte, ob er mein Angebot nun annehmen wollte oder nicht.

Wieder Schweigen.

Dann fragte er: »Wie hast du das herausgekriegt?«

»Ist doch nicht wichtig«, sagte ich. »Das ist doch jetzt vorbei.«

»So schnell geht das nicht vorbei, mein lieber Remzi. Das kann man nicht einfach so wegschieben …«

Die Spieler auf dem Kunstrasen begannen nun miteinander zu debattieren wegen eines Fouls, über das sie sich nicht einigen konnten. Es gab sogar ein wenig Hinundhergeschubse, doch dann setzten sie das Spiel mit einem Einwurf fort.

»Bist schon ein komischer Kerl«, sagte Yusuf Sari nach einer weiteren längeren Pause.

»Wieso denn?«

»Da gibt es unten im Süden einen Typen, der Stoff nach Istanbul verschiebt. Du setzt dich hin und führst mit ihm in aller Ruhe ein Gespräch. Dem missratenen Neffen dieses Typen fällt nichts Besseres ein, als diese Scheiße in die Universität zu schleusen. Du hältst dein Wort und versuchst immer noch, diesen Esel zu finden. Dann wird ein anderer Typ um die Ecke gebracht, und das für ihn bestimmte dreckige Geld bleibt an dir kleben. Du sagst immer noch nichts. Stattdessen reibst du mir eine Sache unter die Nase, die Jahre zurückliegt. Und jetzt soll ich dir noch deine Bude voll schnarchen. Ist das nicht alles recht eigenartig, mein lieber Remzi?«

»Nun mach doch nicht so'n Theater, Mensch«, sagte ich. »Ich wollte doch nur einem hundsmüden Mann ein Bett anbieten. Was sollen wir jetzt also tun?«

»Finde Ibo, mein Lieber. Bevor der Chef ihm auf die Spur kommt. Der Kerl ist außer sich, er bringt es fertig, den Jungen abzuschlachten. Finde den Jungen, dann gibt's noch einen Bonus.«

Ich schwieg lange genug, um ihm klarzumachen, dass das für mich keine neue Motivation darstellte. »Die letzte Spur des Jungen haben wir in dem Haus in Ataköy«, sagte ich nach einer Weile. »Ich gedenke, da mal vorbeizugehen. Was wirst du tun?«

»Ich werde versuchen, mit dem Chef Kontakt aufzunehmen. Wenn ich ihn ordentlich anflehe, verschont er den Jungen vielleicht. Ich werd ihm das Geld anbieten, es ist ja nicht gerade wenig«, sagte er.

»Du bist übrigens nicht weniger komisch, Yusuf Sari«, sagte ich.

»Wieso?«, fragte er, indem er meinen Tonfall nachäffte.

»Ich hab's zwar nicht gezählt, aber es handelt sich wohl um eine Menge Heu. Dafür würden viele ihren Bruder umbringen.

Wie kannst du es einem Mann anvertrauen, den du erst gestern kennen gelernt hast?«

»Sag doch selbst, Remzi Ünal. Wenn ich jemandem, der auf dieser Summe sitzt und nachts trotzdem ruhig in seinem Bett schläft, nicht traue, wem dann sonst?«

Als er aufstand, bat ich ihn, mir seine Zeitung zu überlassen. Er vorneweg, Hasan zwei Meter hinterher, so gingen sie auf den Mercedes zu. Eine innere Stimme sagte mir, dass es – ganz gleich, wie diese Sache schließlich ausging – in der zweiten Karriere des Textilkaufmannes Yusuf Sari aus Tarsus zu gravierenden Veränderungen kommen würde.

Das Spiel hatte inzwischen jeglichen Reiz verloren. So schlug ich die Zeitung auf. Der einzige Unterschied zum Bericht vom Vortag bestand darin, dass der Bauchschuss in den Hintergrund getreten war zugunsten der Kugel, die auf das Genital des Ermordeten abgefeuert worden war, wahrscheinlich nachdem dieser bereits einige Zeit tot war. Aus diesem schloss der Berichterstatter, dass eine im Untergrund operierende kriminelle Vereinigung ihrer Konkurrenz eine Warnung erteilen wollte. Ein gefundenes, mit Sex gepfeffertes Fressen für das Blatt, das mit fetten Schlagzeilen nicht sparte. Gerne hätte ich den Reporter gefragt, ob es bei diesen kriminellen Organisationen wohl üblich sei, den wichtigsten Teil einer für die Gegenseite bestimmten Botschaft diskret mit einer Unterhose zuzudecken!

Ich ließ die Zeitung aufgeschlagen zurück mit dem Hintergedanken, dass der Nachfolger auf diesem Plastiksessel sich der Gesundheit seines Gemächtes freuen möge.

Ich war nicht halb so komisch, wie Yusuf Sari meinte. Wenn ich ihn für den Drogenschmuggel anzeigte, würde sich nämlich überhaupt nichts ändern; noch im gleichen Augenblick wäre die Lücke wieder gefüllt. Und die alte Geschichte hatte ich aufs Tapet gebracht, um ihm klarzumachen, mit wem er es zu tun hatte. Dabei hatte ich einen Blindschuss abgefeuert, der sich als Treffer erwies. Solche Zufälle gab es bei mir des Öfteren.

Doch Ibo zu finden, bevor andere mir zuvorkamen, hatte jetzt eine ganz neue Bedeutung. Das war jetzt wichtiger als das Geld auf meinem neuen Bankkonto oder eine eventuelle Zusatzprämie. Ich beschloss, die Sache sofort anzupacken.

Der Pförtner am imposanten Eingangstor zur Bosporus-Universität war ein anderer. Statt ihm meinen verfallenen Turkish-Airlines-Ausweis vorzuweisen, sagte ich ihm den wahren Grund meines Besuches: »Ich muss den Dekan Kurtar Toprak sprechen.«

»Haben Sie eine Verabredung?« Der nahm seine Aufgabe offensichtlich ernst.

»Nein, aber wenn Sie wollen, kann ich eine einholen«, sagte ich ganz ernst.

Der Mann schüttelte indigniert den Kopf und wählte nacheinander verschiedene Nummern. Doch hatte ich das Gefühl, dass er überhaupt kein richtiges Gespräch führte, sondern nur so tat, als ob er eine Erlaubnis einholte. Auf jeden Fall ließ er mich herein.

Der Rasenplatz lag zu dieser frühen Morgenstunde ganz verlassen da. Vereinzelte, von der Prüfungsanspannung gezeichnete Studenten mit Büchern in der Hand gingen auf den Gehwegen umher. Ich stieg erst einmal in die Kantine hinab. Das Ausstellungsplakat mit meiner Botschaft für Ibo war nicht mehr auf dem Anschlagbrett des Fotoclubs.

Im oberen Stockwerk war die Sekretärin Esin mit ihrer Vorliebe für Witzblätter diesmal ganz ernsthaft am Computer beschäftigt. Sie erkannte mich und sagte: »Hallo, ich schulde Ihnen noch einen Kaffee. Kurtar Toprak ist oben«, sagte sie. »Er schaut der Probenarbeit zu.«

Dann schien ihr einzufallen, dass ich nicht wissen konnte, was in diesem Zusammenhang »oben« bedeutete: »Gehen Sie die mittlere Treppe hinauf. Der Raum mit der großen Tür ist der Theatersaal.«

Die große Tür hatte ich schnell gefunden. Es war zur Abwechslung mal eine ohne Schloss. Ich öffnete sie vorsichtig, um keinen Lärm zu machen. Drinnen war es ziemlich schummrig, nur die Bühne war erleuchtet. Als meine Augen sich ein wenig an das Halbdunkel gewöhnt hatten, sah ich zwei Personen im Zuschauerraum. Ich ließ mich zwei Reihen hinter dem allein sitzenden Mann nieder, den ich an seinen Brillengläsern als Kurtar Toprak erkannte. Die zweite Person, ein langhaariges Mädchen, saß in der vordersten Reihe.

Das Geschehen auf der Bühne sah eher aus wie eine gymnastische Übung: junge Burschen in Shorts und Trainern und Mädchen in Strumpfhosen und eng anliegenden Leggings beugten sich vor, bückten sich, berührten sich gegenseitig und reckten und streckten sich, als ob sie die Ausdehnungsgrenzen ihrer Körper auf die Probe stellen wollten. Die Bewegungen waren den Aufwärmübungen, wie wir sie vor dem Aikido absolvierten, gar nicht mal unähnlich.

Als der junge Leiter dieses Trainings auf der Bühne eine neue Serie von Bewegungen erläuterte, erhob ich mich und ging zu Kurtar Toprak hinüber. Zu meinem Erstaunen fuhr er erschreckt zusammen. Er erkannte mich nicht sofort. Offenbar hatte das Geschehen auf der Bühne ihn völlig in seinen Bann gezogen.

»Ah, hallo«, sagte er. »Remzi Ünal, nicht wahr? Sie haben ja ein richtiges Faible für unsere Uni entwickelt.«

»Sie haben doch selbst gesagt, ich sollte immer zuerst bei Ihnen anklopfen«, konterte ich.

Wir sprachen beide ganz leise, als ob wir etwas Geheimes ausheckten. Trotzdem drehte das Mädchen in der ersten Reihe sich zu uns um und warf uns einen vorwurfsvollen Blick zu. Der Übungsleiter rief laut in unsere Richtung: »Bitte, meine Herren! Hier wird gearbeitet.«

Mit einem betretenen Lächeln erhoben wir uns und gingen vorsichtig zur Tür.

Draußen streckte ich Kurtar Toprak meine Hand entgegen und sagte: »Tut mir Leid, dass ich Ihnen Ihr Theatervergnügen vermasselt habe.«

»Ach was«, sagte er. »Ich hab nur mal so reingeschaut. Der Theaterclub gehört zu den ältesten wirklich ernsthaft arbeitenden Institutionen unserer Universität. Sie sehen ja, selbst während der Semesterprüfungen proben sie zu dieser frühen Stunde.«

Wir stiegen die Treppe hinab und gingen auf sein Büro zu.

»Bitte wieder einen Kaffee, aber nicht wie letztes Mal«, sagte Kurtar Toprak, als wir an Esin, der Sekretärin, vorbeigingen. Auch ich lächelte der jungen Frau zu.

Wir setzten uns wieder in die Sessel und steckten uns eine Zigarette an.

»Nun lassen Sie mal hören«, sagte er. »Gibt's was Neues von Ibo?«

»Ja und nein. Der Grund für Ibos Verschwinden ist auch für Sie, ja sogar die ganze Uni, von größtem Interesse.« Ich legte meine Zigarette auf dem Rand des Aschenbechers ab. Zwischen zwei Fingern meiner rechten Hand hielt ich eine imaginäre Spritze, während ich gleichzeitig mit dem Daumen einen imaginären Spritzenkolben herunterdrückte und die Spitze einer imaginären Nadel auf eine gut sichtbare Ader meines linken Handgelenkes richtete.

Kurtar Toprak starrte mich aus weit aufgerissenen Augen an.

Hastig drückte er seine Zigarette aus und steckte sich sogleich eine neue an. Er schaute mich an, als ob ich einen schlechten Witz gemacht hätte. Ich schüttelte bedauernd den Kopf.

Er stand auf und schloss die Tür. Doch dann überlegte er es sich anders, beugte sich über mich und flüsterte: »Wir sollten das woanders besprechen. Die Wände sind hier sehr, sehr dünn.«

Als wir aus der Tür heraustraten, stießen wir auf Esin, die unsere Kaffees vor sich hertrug. Verwundert fragte sie: »Und Ihr Kaffee?«

»Ein anderes Mal«, sagte ich und eilte Kurtar Toprak hinterher.

# 11

Kurtar Toprak vorneweg, ich hinterdrein, so verließen wir das Gebäude, vorbei an Studenten, die ihm zulächelten und ihn grüßten.

Von hinten konnte ich gut wahrnehmen, wie seine Rückenmuskeln sich vor Wut anspannten. Mit vorgestrecktem Kopf schritt er schnell und energisch aus und betrat endlich ein Gebäude, das links neben dem Weg zur »liberalen Kantine« lag. Er trat in den ersten Raum auf der linken Seite ein.

Auf der Tafel standen noch einige englische Vokabeln aus der letzten Unterrichtsstunde. Das Lehrerpult stammte aus den Fünfzigerjahren, davor standen ungefähr dreißig Stühle mit seitlichen Ablageflächen, die den Studenten wohl auch als Schreibunterlage dienten.

»Hier habe auch ich studiert«, sagte Kurtar Toprak, der mit ausgebreiteten Armen das Klassenzimmer durchschritt. »In diesem Gebäude sind die Wirtschaftsfächer untergebracht. Vier, nein pardon, sechs Jahre habe ich hier verbracht.«

Ich setzte mich in einen der Schülersitze.

»Ich hänge an dieser Schule wie an meinem Vaterhaus«, sagte er. »Ich habe vor Freude eine schlaflose Nacht verbracht, als man mir nach meinem Diplom diese Stelle anbot. Ich konnte weiterhin Tag und Nacht in der Schule sein, zusammen mit den Studenten, wie einer von ihnen ...« Er stand jetzt hinter dem Lehrerpult und beugte sich vor, genau wie ein hingebungsvoller Lehrer, der sich seiner Klasse zuwendet.

»Haben Sie auch in der Theatergruppe mitgearbeitet?«, fragte ich aus einer plötzlichen Eingebung heraus.

»Ich habe es einmal versucht, aber ich war wohl ein miserabler Schauspieler.« Er verließ seinen Platz am Pult und setzte sich neben mich.

»Und nun tauchst du eines Morgens auf und flüsterst mir ins Ohr, dass eine der beiden Sachen, die ich am meisten fürchte, seit ich diesen Job hier versehe, tatsächlich eingetreten ist.« Er ahmte meine Handpantomime mit der Spritze nach.

»Und was ist die zweite Sache?«, fragte ich.

»Das sind die Abtreibungsprobleme der Mädchen, die beim Petting ein wenig zu weit gehen. Nun lass mal hören.«

»Ich weiß noch nichts Genaueres«, sagte ich. »Ibrahim Sari hat sich wohl gedacht, dass die Bosporus-Universität ein guter Absatzplatz für Drogen ist. Ich weiß nicht, um welchen Stoff es sich handelt, doch sind es sicher keine filterlosen Zigaretten.«

»Seit wann läuft das?«, fragte er.

»Die Planung und Vorbereitung läuft wohl seit ungefähr einem Monat. Vor etwas mehr als einer Woche hat er dann, scheint's, die erste Operation eingeleitet.«

»Oh Gott«, stöhnte Kurtar Toprak von seinem Platz aus.

»Erfahren Sie von solchen Vorkommnissen?«, fragte ich jetzt.

»Hie und da kommt uns was zu Ohren«, sagte er. »Aber diese Sache ist ja ganz frisch. Normalerweise tauchen Probleme ja erst auf, wenn so etwas sich ausbreitet; dann gibt es Streit zwischen den Beteiligten, und es wird schwieriger, die Sache geheim zu halten. Aber von dieser Sache habe ich nichts gehört.«

»Ist so etwas schon mal vorgekommen?«, fragte ich.

»Vor einigen Jahren hat mal ein Angestellter in der Kantine versucht, Drogen hereinzuschleusen. Die Sache wurde bereinigt, indem man den Kerl von einer linken Jugendgruppe ordentlich durchprügeln ließ und in sein Dorf abschob. Wenn natürlich jemand außerhalb der Uni privat Drogen konsumiert, da können wir nichts machen.« Er trommelte mit den Fingern auf die Schreibunterlage seines Stuhles: »Wer außer Ibo ist noch in die Sache verwickelt?«

»Die Namen weiß ich noch nicht«, antwortete ich. »Aber ich

bin sicher, dass ein Verteilernetz besteht.« Ich hatte einstweilen nicht vor, ihm von den Models zu erzählen.

»Irgendjemand hält seine Hand über den Kerl«, sagte er jetzt.

»Was soll das heißen?«

»Hör zu«, sagte er und fiel wieder in die Pose des dozierenden Lehrers zurück. »Diese Hochschule hier ist eine Art Augapfel der Nation. Wenn es um die Bewilligung von Geldern geht, bocken die Behörden, aber alle sind sehr darauf bedacht, das Ansehen der Institution sauber zu halten. Die Provinzverwaltung, die Polizei, der Oberste Erziehungsrat, alle haben sie ein Auge auf uns. Es ist wie eine verborgene Hand, die uns schützt. Die Vorlesungsräume verrotten, neue Bücher für die Bibliothek gibt es nicht, die Dozenten laufen davon, was weiß ich, jedes Jahr werden weit mehr Schüler aufgenommen, als Kapazität da ist, doch nach außen sieht alles prima aus. Es wird nur von Erfolgen berichtet, nichts als Erfolge … Hast du seit dem ›Sargmord‹ von 1971 je wieder eine Nachricht in der Zeitung gesehen, welche das Ansehen der Bosporus-Universität auch nur leicht ankratzen könnte? Also muss jemand, der so etwas einfädelt, entweder ein weltfremder Idiot sein oder aber eine starke Hand über sich wissen, hier drinnen oder draußen. Anders ist das hier nicht möglich, so wie wir beobachtet werden.«

»Wer könnte das sein?«

»Wie soll ich das wissen?«, rief er wütend. Mir schien, dass meine bloße Annahme, er könnte dieses Subjekt kennen, ihn in Rage brachte. »Dazu kann ich dir überhaupt nichts sagen.«

»Wenn ich Ibo finde, kriegen wir das raus«, sagte ich.

»Du hast Recht, wenn wir Ibo finden, kriegen wir das raus.« Er war plötzlich ganz aufgeregt. »Hör zu. Zuerst wollte ich diese Sache unverzüglich dem Rektor melden. Das ist ja schließlich keine Lappalie wie zum Beispiel die Prüfungsfragen aus dem Lehrerzimmer zu klauen oder so was … Aber das hätte dann ein Riesenaufsehen gegeben. Wir hätten hier überall die Presse und die Kerle vom Rauschgiftdezernat gehabt. Eine schöne Schweinerei ...«

»Hingegen ...«, sagte ich.

»Wenn wir Ibo finden, können wir die Angelegenheit vielleicht bereinigen, ohne dass alles an die große Glocke gehängt wird. Wir könnten das Ganze stoppen.«

Es sah ganz so aus, als ob nach Yusuf Sari ein weiterer Kunde bei mir anstand, dem sehr daran gelegen war, dass ich Ibo auffand, wobei ich Sinem nicht mitzählte. »Du willst die Sache also unter den Teppich kehren«, sagte ich. Zum ersten Mal duzte ich Kurtar Toprak.

»Wenn diese Geschichte auffliegt, fliege ich hier raus«, sagte er. »Und das ist wirklich das Letzte, was ich will.«

Wenn diese Sache aufflog, war das sicher auch für mich nicht sehr angenehm. Ich hatte keine Lust, stundenlang den Polizisten vom Rauschgiftdezernat und allen anderen Rede und Antwort zu stehen. Was hätte ich auf ihre Fragen antworten sollen? Es war also auch im meinem Interesse, dass die Sache nicht publik wurde.

»Gut denn«, sagte ich. »Wollen wir dem Ansehen der Bosporus-Uni noch eine Chance geben.«

»Einverstanden«, sagte er eifrig. »Finde du den Ibo.«

Dann fügte er hinzu, als ob es ihm erst nachträglich eingefallen wäre: »Ich kann dich dafür allerdings nicht bezahlen. Ich verfüge leider über keine Geheimkasse für derartige Ausgaben.«

»Macht nichts«, sagte ich. »Das ist mein Beitrag für Volk und Vaterland.«

»Aber ein Abendessen kann ich dir spendieren«, sagte er. »Den Betrag kann ich irgendeinem der Clubs anlasten ...«

Wir verabredeten uns für den gleichen Abend auf neun Uhr im Restaurant der Ehemaligen der Bosporus-Universität. Dann wollte er, dass wir getrennt den Raum verließen, so als ob wir einander nie gesehen hätten. Nachdem er gegangen war, saß ich also noch fünfzehn Minuten dort und schaute nachdenklich auf die Tafel.

Jetzt musste ich mich allmählich um meine eigentliche Aufgabe kümmern. Ich musste Zuhal oder Sinem finden und herausbekommen, wie ich zu Ibo gelangte. Ich schaute zunächst in die »liberale«, dann in die »politische« Kantine. Ganz wie erwartet, war niemand von den jungen Leuten, die ich neulich dort kennen gelernt hatte, anwesend. Wieder einmal schob ich es auf, mich um meinen knurrenden Magen zu kümmern, und schlug den Weg zu meinem Wagen ein.

Ich musste eine Zeit lang bei geöffneten Türen draußen warten, bis die im Wageninneren angestaute Vormittagshitze entwichen war. Dann setzte ich mich hinein, ließ beide Fenster herunter, steckte mir eine Zigarette an und nahm das Telefon zur Hand.

Zum ersten Mal seit zwei Tagen bekam ich sofort eine Antwort. »Hallooo«, sagte eine zuerst ganz feine, dann ziemlich raue Stimme. Es war Zuhal.

»Ich bin Remzi Ünal. Erinnerst du dich, ich bin gestern vorbeigekommen.«

»Ach ja, ja. Sie sind der, der Ibo sucht. Ich erinnere mich jetzt, dass Sie sagten, Sie hießen Remzi Ünal. Ich erinnere mich auch an Ihr Gesicht.«

»Gut«, sagte ich. »Gestern haben wir ja nicht viel gesprochen, hättest du jetzt Zeit?«

»Wer sind Sie denn eigentlich?« Ganz offensichtlich genügte ihr mein Name nicht.

»Ich bin jemand, der überzeugt ist, dass er, wenn er Ibo findet, mit ihm zusammen ein paar Leute retten kann, die ganz schön in der Patsche sitzen. Ich führe nichts Böses im Schilde, hab keine Angst.«

»Haben Sie mich gestern ins Bett gelegt?«

»Ja«, sagte ich. »Geht's dir jetzt ein bisschen besser?«

»Doch. Sie haben mir auch den Kopf gewaschen, wie ich mich erinnere. Vielen Dank. Aber«, fragte sie, als ob ihr plötzlich etwas einfiele, »wer hat eigentlich die Wohnung so durcheinander gebracht? Ich habe den Radau gehört. Ich bin fast draufgegangen, bis alles wieder aufgeräumt war …«

»Das erzähl ich dir später«, sagte ich. »Wir müssen unbedingt reden. Ich kann sofort vorbeikommen.«

Sie überlegte ein wenig, bevor sie antwortete. Ich glaube, ihre Entscheidung war nicht unwesentlich beeinflusst durch die Tatsache, dass ich sie auf dem Bett abgelegt hatte, ohne sie ihrer Kleider zu entledigen. »Nein, nein«, rief sie. »Kommen Sie nicht hierher. Ich kriege allmählich Zustände hier drinnen. Wir wollen uns lieber irgendwo draußen treffen.«

»Sag du, wo«, rief ich.

»Kommen Sie zum *Carousel*-Einkaufszentrum. Ich erwarte Sie oben im China-Restaurant.«

Ich schaute auf die Uhr, es war bald eins. »In Ordnung«, sagte ich. »Um halb zwei?«

Wie gut, dass ich es aufgeschoben hatte, mich um meinen hungrigen Magen zu kümmern. Ich hatte gerade meine Hand auf den Zündschlüssel gelegt, als vorn und hinten die Türen meines Wagens aufgingen und zwei junge Männer einstiegen, deren Militärdienst sicher schon ein paar Jährchen zurücklag. Ein dritter stand draußen vor meiner linken Autotüre.

Der hinter mir Sitzende schlug mit seiner Handinnenfläche fest auf meinen Nacken, wodurch mein Kopf auf das Steuerrad prallte.

»Was hast du verdammter Hurensohn hier zu suchen?«

Ich erkannte die Stimme sofort. Dieser Istanbuler Tonfall, allerdings gespickt mit Flüchen.

Dann griff die Hand in meine Haare und zog meinen Kopf zurück. Er prallte diesmal gegen die Nackenstütze.

»Hatte ich dir nicht gesagt, dass du dem Ibo nicht nachlaufen sollst, du Idiot?«

»Jetzt machen wir dich fertig«, sagte der hinter mir Sitzende. Dann zu den anderen: »Holt ihn raus.«

Der draußen stehende Kumpan öffnete die Tür. Der hinter mir Sitzende ließ meine Haare nicht los. Der Kerl, der neben mir Platz genommen hatte, schlug mir seine Faust ins Gesicht. Als ich zusammensackte, packte der draußen Stehende mit beiden Händen meinen Arm und zog mich aus dem Auto. Dann ließ er mich mit voller Wucht auf den Boden aufschlagen.

Noch bevor ich mich einigermaßen aufrappeln konnte, erhielt ich zwei Tritte in den Bauch.

Ich bereitete mich innerlich darauf vor, hier, auf dem Parkplatz der Bosporus-Universität, von drei Burschen, die mindestens dreißig Jahre jünger waren als ich, die schlimmste Tracht Prügel meines Lebens zu beziehen.

Nach dem dritten Fußtritt überlegte ich es mir anders.

# 12

Zunächst einmal musste ich so schnell wie möglich auf die Beine kommen. Als die drei nach dem letzten Tritt eine kleine Verschnaufpause einlegten, begingen sie den größten Fehler ihres Lebens. Während sie einander ansahen, wohl um abzusprechen, wer die erste Attacke durchführen sollte, stützte ich mich auf mein rechtes Knie, beugte mich vornüber und sprang mit einem Ruck auf.

»Seht mal«, sagte der Inhaber der mir vom Telefon her wohlbekannten Stimme, »was der Alte alles kann!«

Jetzt standen wir alle vier aufrecht da und belauerten uns. Einer der Jungs verschob sich langsam hinter meinen Rücken.

Mein Telefonpartner griff mich auf eine Weise an, die wir bei unseren Übungen im Dojo noch am ehesten als *Shomen Uchi* bezeichnen würden. Seine rechte Hand war aus leicht erhöhter Position auf meinen Kopf gerichtet, um im Stile einer waschechten osmanischen Ohrfeige darauf herniederzusausen. Ich antwortete meinem unfreiwilligen *Uke* mit einer Art *Tenkan*, das heißt, ich drehte mich so weit auf meinen Füßen um mich selbst, bis ich in die gleiche Richtung schaute wie er. Gleichzeitig ergriff ich mit meiner linken Hand seinen Nacken und zog seinen Kopf auf meine Schulter herab. Wetten, dass er nicht wusste, wie ihm geschah. Dann drehte ich mich blitzschnell in die Gegenrichtung, hob mit meiner rechten Hand sein Kinn nach oben, als ob ich ihm den Himmel zeigen wollte, und warf ihn auf den Boden. Ich schloss die Übung allerdings nicht in dem uns vom Sensei beigebrachten Stil ab, sondern erweiterte sie noch um einen auf den Kopf gerichteten Fußtritt.

Der mir genau gegenüber stehende Kumpan schien seinen Augen nicht zu trauen und war einen Moment unschlüssig. Der andere meinte schlauer zu sein. Er war hinter mich getreten, versuchte mich mit beiden Händen an meinen Handgelenken festzuhalten und rief seinem verdatterten Kollegen zu: »Nun mach schon, Mensch!«

Bevor der sich jedoch zum Angriff entschließen konnte, hob ich meinen linken Arm mitsamt der Hand, die das Handgelenk des hinter mir Stehenden umschlossen hielt und führte sie über meinen Kopf, wobei ich gleichzeitig eine vollständige Drehung vollführte. Der Kerl stand völlig verdutzt da und schaute auf seine gekreuzten Arme. Auch in diesem Fall fügte ich der Übung ein Detail bei, wie es nicht im Lehrbuch steht, und stieß mit dem Knie in die einladend freiliegende Leistengegend meines Gegners. »Oh weh!«, stöhnte dieser und sackte in sich zusammen.

Mein drittes Gegenüber hatte durch diese Vorstellung offensichtlich jegliche Angriffslust verloren. Wenn der Kerl geahnt hätte, wie begrenzt mein Aikido-Repertoire noch war, hätte er sicherlich eine Möglichkeit gefunden, mich anzugreifen. Ich ging ja erst seit zwei Jahren dreimal in der Woche zu den Übungen, und das auch nicht immer regelmäßig. Doch der Junge ging jedem Risiko aus dem Weg und rannte auf den Ausgang des Parkplatzes zu. Ihn würde ich wahrscheinlich nie wieder sehen.

Mein Telefonpartner lag nach dem Fußtritt an seinen Kopf mit dem Gesicht am Boden. Da es sich um den Anführer handelte, hielt ich es für angebracht, ihn mit Nikyo bekannt zu machen. Ich kniete mich neben ihn, nahm einen seiner Arme, führte diesen von der Schulter senkrecht nach oben und klemmte ihn zwischen meine Arme. Wenn ich jetzt meinen Körper nach rechts bewegte, würde der Arm wie ein Stück Holz in seinen Gelenken brechen.

Doch ich hielt erst einmal stille. Von dem unter mir Liegenden spürte ich keinerlei Widerstand. Als der dritte der Helden, der verdattert zu mir herüberschaute, nun versuchte, sich mit der

Hand zwischen den Beinen aufzurichten, rief ich ihm wie einem gehorsamen Hund zu: »Lauf!«

Er schien auf diesen Befehl gewartet zu haben und machte sich in gebückter Haltung eiligst davon. Auch ihn würde ich sicher nicht wieder sehen.

»He, du«, sagte ich zu dem unter mir Liegenden. »Hörst du mich?« Ich machte eine kleine Bewegung nach rechts. Er schrie vor Schmerz laut auf. Ich ging noch ein Stückchen weiter. Ein noch lauterer Schmerzensschrei folgte.

Beim dritten Mal tat ich ihm ernsthaft weh und verließ dann ganz die Aikido-Technik. Ich packte seine Haare genau so, wie er mich gepackt hatte, und zog seinen Kopf nach hinten. Er schaute jetzt mit verängstigten Augen auf mich, ganz wie ein Opferschaf, dessen Gurgel auf das Herabsausen des Messers wartet. »Du wirst von jetzt an schön brav sein, oder?«

Er nickte, soweit ihm das möglich war.

»Wo kommst du her, verdammter Kerl?«

Keine Antwort. Klar, war ja auch keine besonders sinnvolle Frage. Ich änderte meine Verhörtechnik. »Hat Ibo euch das befohlen?«, fragte ich.

»Nein. Ibo haben wir seit Tagen nicht mehr gesehen.«

»Und was, verdammt noch mal, wolltet ihr von mir?«

»Du warst hinter Ibo her ...«

»Mensch, ist es etwa verboten, nach Ibo zu suchen?« Natürlich war auch das keine richtige Frage, weswegen er auch nichts zu antworten wusste. »Seid ihr Studenten?«, fragte ich dann.

»Ich bin im Vor-Abschlusssemester«, sagte er, als er endlich mit einer Frage konfrontiert wurde, auf die er antworten konnte.

»Die andern beiden?«

Der eine ist im Vorbereitungssemester, der andere gehört nicht zur Uni, der macht nur so mit.«

»Ihre Namen?«

»Der in der Vorbereitung heißt Adnan, den anderen nennen wir Süslü«, keuchte er.

»Verkauft ihr die Ware?«, fragte ich.

Diesmal versuchte er ganz bewusst, einer Antwort auszuweichen. Ich ließ ihm ein, zwei Sekunden Zeit, dann riss ich seinen Kopf nach hinten und drückte ihn dann völlig unerwartet fest auf den Boden. Schließlich rieb ich seine Nase auf der Erde hin und her, indem ich den Kopf von einer Seite zur anderen schwenkte.

»Verteilt ihr die Ware?«, fragte ich noch einmal.

»Die Mädchen bereiten die Kunden zuerst vor«, sagte er. »Erst dann treten wir in Aktion.«

Es schien mir, dass ich diese Mädchen schon kannte. Deswegen fragte ich nicht nach ihren Namen.

»Wo ist der Stoff?«

»Das weiß ich wirklich nicht, Abi.« Er zog seinen Kopf ein, als ob er eine Wiederholung des eben Erlebten fürchtete. »Ibo gibt uns immer nur Portionen von zwei Gramm.«

»Lüg nicht!«, rief ich, und zog seinen Kopf wieder nach hinten.

»Ich schwöre, ich weiß es nicht.« Sein Gesicht zitterte, als ob er gleich weinen wollte.

»Konsumierst du auch?«

»Um Gottes willen, nein, Abi. Ich trinke Bier.«

»Bravo«, sagte ich, wobei ich seinen Kopf noch einmal auf den Boden stieß. »Sag mir, wo ich Ibo finden kann.«

»Er hat 'ne Wohnung in Hisar.«

»Red keinen Stuss, verdammt noch mal«, sagte ich. »Die Wohnung in Hisar kennt jeder.«

»Ich weiß von keiner anderen, wirklich nicht, Abi.« Jetzt hatte er tatsächlich zu weinen begonnen. Es war offensichtlich, dass er von Ataköy keine Ahnung hatte. Dass er eigentlich überhaupt nichts wusste.

Ich ließ seinen Haarschopf los. Er schlug die Hände vors Gesicht und weinte weiter. Ich nahm ihn beim Kinn, drehte seinen Kopf zu mir und schaute ihm ins Gesicht. »Und wie heißt du?«

»Firat«, schniefte er. »Firat Uzun.«

»Hör gut zu, Firat, du Held. Hör auf zu heulen. Für dein zartes Alter steckst du ganz schön in der Scheiße. Freu dich, dass ich kein Polizist bin, Mann; das wäre dein Untergang gewesen. Ich lass dich jetzt laufen. Zieh Leine, ohne dich umzudrehen. Und lass in Zukunft die Finger von solchen Geschäften. In zehn Jahren wirst du Dankesgebete aufsagen für den Tattergreis, den ihr verhauen wolltet und der dich stattdessen aus der Scheiße gezogen hat.«

Nach dieser gewaltigen Ansprache schienen ihm die Nerven erst recht durchzugehen. Zuerst der Schmerz der Niederlage, dann das Aufatmen über das unerwartet leichte Entrinnen – er wurde von noch heftigerem Weinen geschüttelt.

»Nun geh schon und wasch dir das Gesicht«, sagte ich und verpasste ihm eine freundschaftliche Kopfnuss. Wir standen beide auf. Er stand da, als wüsste er nicht, was tun.

»Los, hau ab«, sagte ich. »Du brauchst keine Angst zu haben.«

Da tat er etwas, das mich ganz aus der Fassung brachte. Wie ein Kind, das zum Bayram ein unerwartet großzügiges Taschengeld erhalten hat, ergriff er heftig meine Hände und versuchte sie zu küssen. Ich zog sie schnell zurück. »Lass den Unsinn, Junge. Nun geh schon.«

Er steckte seine Hand in die Tasche seiner hautengen Jeans und zog etwas daraus hervor, das er mir in die Hand legte. »Ibo hatte mir den hier gegeben und gesagt, ich solle ihn vorläufig aufheben. Vielleicht hilft er dir weiter, Abi«, sagte er. Dann drehte er sich um und lief fort, genauso schnell wie seine Freunde vorher.

Ich machte meine Hand auf und sah darin einen Schlüssel liegen, der gelb wie Gold glänzte und amerikanischer Machart war.

Da beschloss ich, mich ein wenig eingehender mit der Kunst des Fotografierens zu beschäftigen.

# 13

Ich brachte meine Haare in Ordnung, schüttelte mir den Staub von den Hosenbeinen, steckte mein Hemd in den Hosenbund zurück und schlug die Richtung von Kurtar Topraks Büro ein. Der Tisch der Sekretärin war verwaist. Zum ersten Mal fand ich die Tür zu seinem Büro geschlossen. Ich trat ein, ohne anzuklopfen. Der Dekan für studentische Aktivitäten der Bosporus-Universität saß im Besuchersessel, den Kopf in die Hände gestützt, und stierte zur Wand.

»Wo ist die Dunkelkammer?«, fragte ich ohne weitere Formalitäten.

Er begriff nicht sofort und blickte mich mit leeren Augen an.

»Was willst du mit der Dunkelkammer?«, bekam er dann mühsam heraus.

»Ich habe mich entschlossen, in den Club einzutreten«, antwortete ich.

»Lass die blöden Witze«, sagte er, nachdem er sich ein wenig gefasst hatte. »Deine Geschichten haben mich fertig gemacht, jetzt werd nicht noch geistreich.«

»Gut, gut, entschuldige«, sagte ich. »Dies ist der Schlüssel zur Dunkelkammer, den die Mitglieder des Fotoclubs verzweifelt suchen seit dem Tag, an dem Ibo verschwand. Vielleicht finden wir dort etwas Interessantes.«

Endlich wurde ihm die Sachlage klar. »Verdammt. Vielleicht hat er es dort versteckt … seine Siebensachen.«

Er drehte sich zur Tür, doch ich hielt ihn zurück. Zuhal war mir eingefallen. Ich schaute auf die Uhr. Wenn unser Einsatz in der Dunkelkammer länger dauerte, war mein pünktliches Erscheinen zu unserer Verabredung nicht mehr gewährleistet.

»Ich muss mal schnell anrufen«, sagte ich deshalb. Langsam und bedächtig wählte ich die Ziffern auf der Wählscheibe des altmodischen Telefons und hörte den Tönen zu, die diese beim Zurückdrehen von sich gab. Ein weiterer Beweis für die beschränkte Finanzkraft der Bosporus-Universität. Ich betete im Geheimen, dass Zuhal zu Hause sein möge.

Bereits nach dem zweiten Läuten wurde abgenommen. »Hallo«, sagte eine Stimme, bei der ich nicht sicher sein konnte, dass sie zu Zuhal gehörte. »Zuhal?«, fragte ich deshalb.

»Ja, das bin ich.«

»Hier Remzi Ünal. Ich wollte nur Bescheid geben, dass ich mich vielleicht etwas verspäte.«

»Was heißt ›etwas‹?«

»Das weiß ich nicht.« Ich konnte es ja wirklich nicht wissen.

»In Ordnung. Ich geh mir vorher ein bisschen die Läden dort ansehen. Und wenn ich gegessen habe und Sie immer noch nicht da sind, setze ich mich im gleichen Stock irgendwo hin und trinke einen Kaffee.«

»Wie ich sehe, ist für dich keine Situation zu kritisch, als dass du nicht noch auf die Schnelle anbändeln könntest«, meinte Kurtar Toprak.

Eine geschmacklose Anspielung, die ich einfach ignorierte.

Die Dunkelkammer war ein kleiner, fensterloser Raum auf der Rückseite eines der Gebäude am Rasenplatz. Wir traten vorsichtig ein. Ein intensiver chemischer Geruch überlagerte die abgestandene Luft des Raumes, den seit Tagen niemand betreten hatte. Es verschlug einem den Atem. Damit ein wenig frische Luft hereinkam, ließen wir die Tür auf. Dann machten wir das Licht an. Es war nicht gerade aufgeräumt da drinnen. Der vor einer Wand aufgebaute Arbeitstisch bestand aus einer Marmorplatte auf vier Eisenfüßen. Auf dem Tisch befanden sich ein Vergrößerungsapparat, Gefäße für das Entwicklungsbad und eine kleine Uhr. Das Wasserrohr mit dem Hahn war nachträglich verlängert worden und mündete nun in ein altmodisches, auf einem Keramikfuß ruhendes Waschbecken, das besser in die Toilette der Privatwohnung des Rektors gepasst hätte als in dieses Zimmer.

Wir durchsuchten den Schrank in der Ecke und das Regal, auf welchem sich unbenutztes Fotopapier, leere Filmschachteln und eine große Anzahl fast identischer, ziemlich dilettantischer Versuchsabzüge befanden. Kurtar Toprak durchsuchte jede Schachtel, jedes Schraubglas und jeden Beutel. Nach fünfzehn Minuten mussten wir uns eingestehen, dass hier nichts zu holen war.

»Ich glaube nicht, dass das Depot sich hier befindet«, sagte ich. »Dafür gibt's hier zu viel Durchgangsverkehr.«

»Wenn das so ist, was suchen wir dann hier?«, fragte der Dekan verärgert.

»Vielleicht hat er uns ja seine Adresse aufgeschrieben und hier deponiert«, sagte ich mit sarkastischem Unterton.

Kurtar Bey hatte heute nichts für meine Scherze übrig. Er ging zur Tür, und bevor er diese zuknallte, sagte er: »Gib mir Bescheid, wenn du sie findest.« Der Türriegel schepperte laut in seinem Lager. Ich begann nachzudenken.

Konnte man hier Stoff für längere Zeit lagern? Der Schlüssel der Dunkelkammer ging normalerweise von Hand zu Hand. Jedes Mitglied des Fotoclubs konnte jederzeit eintreten und seine Fotos entwickeln. Andererseits war es normal für eine Dunkelkammer, dass man sich allein darin einschloss, um zu verhindern, dass ein Eintretender den Film belichtete und zerstörte. Das fiel nicht auf und war nützlich bei der Drogenverteilung.

Ich lehnte mich mit dem Rücken an die Tür und sah mir das Zimmer noch einmal genau an. Alle Gegenstände, welche die Clubmitglieder bei ihrer Tätigkeit hier benutzten, schob ich im Geiste beiseite.

Die Keramiksäule des Waschbeckens! Ich kniete davor nieder. Wo der untere Teil an die Wand stieß, war eine kleine Fuge zu sehen. Ich hielt diese Stelle mit vier Fingern fest und versuchte, den schweren Fuß hin- und herzubewegen. Er rührte sich ein wenig von der Stelle. Ich stemmte mich noch einmal dagegen. Als sich ein kleiner Spalt öffnete, steckte ich die Hand hinein und fischte in dem Hohlraum dahinter herum. Ich spürte eine Plastiktüte.

Ich schob die Säule noch ein wenig zur Seite, wobei ich Acht gab, dass das Waschbecken nicht herunterfiel. Jetzt konnte ich die Hand ganz in die Öffnung stecken und zog eine schwarze Plastiktüte hervor, wie sie Kunden von den Wochenmärkten nach Hause bringen.

In der Tüte befanden sich eine kleine Juwelierwaage, ein Dosierlöffel und eine VHS-Videokassette ohne Schutzschachtel.

Zwei zu null für mich, sagte ich mir. Zum zweiten Mal sammelte ich etwas ein, das Ibrahim Sari liegen gelassen hatte. Er war nicht gerade ein Weltmeister im Verwischen seiner Spuren.

Die Funktion der Juwelierwaage war klar. Ich konnte nichts damit anfangen und warf sie in den Hohlraum zurück. Dann rückte ich den Fuß wieder an seinen Platz.

Auf dem Weg zu Kurtar Topraks Büro überlegte ich, ob ich ihm von meinem Fund erzählen sollte.

Seine Sekretärin war noch immer nicht an ihren Platz zurückgekehrt. Er selbst auch nicht. Ich nahm einen leeren Briefumschlag vom Schreibtisch der Sekretärin und schrieb darauf: »Sehr geehrter Kurtar Toprak. Wir haben ein bisschen Bosporusluft geschnappt. Lieber Gruß. R. Ü.« Er hatte mir die Entscheidung abgenommen.

Da die Plastiktüte mit der Videokassette darin ja völlig unauffällig aussah, ging ich ruhig und gemächlich zum Parkplatz.

Die E-5 war wesentlich belebter als bei meiner letzten Fahrt nach Ataköy. Beim ersten Verkehrsstau untersuchte ich die Kassette. Die Etikette zeigte eine Szene aus einem idiotischen Karatefilm.

Wie gesagt: Wissen ist Macht. Ich wollte auf keinen Fall mit Zuhal sprechen, bevor ich etwas Genaueres über das Innenleben der Kassette wusste. Eine innere Stimme raunte mir zu, dass die Aufzeichnungen in enger Beziehung zu den Fotos standen, die ich in Ibos Wohnung gefunden hatte.

Nachdem ich meinen Wagen in der Tiefgarage des Einkaufszentrums abgestellt hatte, begab ich mich nach oben. Ich sprach den erstbesten der überall in Operettenuniformen herumstehenden Wachmänner an.

»Guten Tag und leichten Dienst, Kollege. Gibt es hier ein Geschäft, das Videos und Kameras verkauft?«

»Gleich hier vorne«, antwortete er. »Es hat gerade erst eröffnet.«

Es war ein kleiner Laden. Drinnen befand sich ganz allein ein recht hübsches, ziemlich gelangweiltes Mädchen, das wahrscheinlich Verkäuferin geworden war, weil es an der Uni keinen Platz gefunden hatte. Ich zog ein Exemplar der größten in Umlauf befindlichen Note der türkischen Nationalbank aus meiner Brieftasche und legte den Schein auf die Videokassette. Dann deponierte ich beides auf dem Ladentisch.

»Ich brauche Ihre Hilfe. Wenn Sie mir ein Videogerät finden, auf dem ich diese Kassette abspielen kann …« Ich schob die Kassette mit der Banknote darauf ein wenig zu ihr hinüber. »Es ist wichtig und sehr eilig.«

»Wir haben zwar Videogeräte, aber keinen abgeschlossenen Raum.« Während sie sprach, bewegte ihre Hand sich auf das Geld zu. Da sie aber im Zweifel war, ob sie es bereits verdient hatte, zog sie ihre Hand wieder zurück.

Im Hintergrund des Ladens war ein Stand aufgebaut, auf dem mit Sicherheit in Kürze ein unerträglich langweiliger Werbefilm des marktführenden Batterieherstellers ablaufen würde. Ein Fernsehgerät stand auf einer Riesenkiste, die rundherum mit dem Emblem der Batteriemarke verziert war. Darunter stand ein VHS-Videogerät. Der Bildschirm war schwarz.

»Das sollte gehen«, sagte ich. Ich drehte den ganzen Aufbau so um, dass der Bildschirm von der Eingangstür her nicht mehr zu sehen war. Ich würde mir die Sache wohl im Stehen ansehen müssen. Ich steckte die Banknote in die Brusttasche auf der Bluse des Fräuleins, das mir gefolgt war, und sagte: »Vielen Dank. Ich komm schon allein zurecht.« Ich drückte die Play-Taste.

Es war tatsächlich ein dämlicher Karatestreifen. Ich stellte hastig den Fernseher leiser, um zu verhindern, dass die Konzentrationsschreie der völlig unglaubwürdigen, bereits in der ersten Szene aufeinander losgehenden Kämpfer durch den ganzen Laden hallten.

Sie kämpften und kämpften. Das Ketchup floss in Strömen aus den Mundwinkeln der Besiegten. Ich drückte die Schnell-Vorlauf-Taste.

Einen Karatefilm im beschleunigten Tempo anzuschauen, war um einiges lustiger.

Die junge Verkäuferin sah hin und wieder verstohlen zu mir herüber. Ich hingegen schaute konzentriert auf die unentwegt im Eiltempo den jungen Helden angreifenden und von diesem zusammengeschlagenen kahlköpfigen Schauspieler in altjapanischer Tracht. Der junge Held beriet sich hin und wieder mit einem schmalgesichtigen Mädchen und einem bärtigen Alten. Anschließend gab's wieder Tomatensoße.

Doch plötzlich stellte ich fest, dass es nicht minder lustig war, einen Amateur-Hardcore-Porno im Fast-Forward-Modus anzusehen. Als mir die Veränderung in Farbe, Licht und Inhalt der Bilder auffiel, spulte ich zurück. Ich sah zu der Verkäuferin hinüber; sie hatte den Kopf weggedreht und schaute auf die Passanten vor den Ladenfenstern.

Der junge Held war gerade dabei, einen Rückwärtssprung auf einen fünfzehn Meter entfernten Baum auszuführen, als ich unvermittelt Sinem und Ibrahim Sari in einer Situation zuschaute, die ich hier nicht beschreiben möchte. Die Kamera war dabei äußerst bewegt. Sie näherte sich dem nackten Paar, dann entfernte sie sich wieder, und zwischendurch zitterte sie und konzentrierte sich auf den Spannteppich.

Die Wohnung ähnelte weder der in Hisar noch der in Ataköy. Hin und wieder blickten die beiden in die Kamera. Ein dreisitziges Samtsofa und ein Sessel aus dem gleichen Material sowie auf dem Teppich verstreute Sitzkissen bildeten den Rahmen für ihre Tätigkeiten.

Die Kamera vollführte jetzt einen Schwenk auf einen großen Fernsehapparat, auf dessen Bildschirm gerade ein professioneller Porno anlief. Dann wackelte die Kamera wieder.

Anschließend kehrte sie zurück zum Sofa. Der Überraschungseffekt war nun, dass Ibo inzwischen die Partnerin gewechselt hatte. Im Bild war jetzt Zuhal, mit der ich mich gleich treffen würde.

Sinem verstand sich besser auf die Führung der Kamera.

Ibo laborierte noch einige Zeit auf Zuhal. Ich merkte, dass ich errötete und leicht zu schwitzen begann. Nicht wegen der Szenen, sondern aus der Befürchtung heraus, dass die immer wieder zu mir herüberschauende Verkäuferin vielleicht doch ihre Neugierde nicht länger bezähmen und herüberkommen könnte, um mir Gesellschaft zu leisten. Aber das glückliche Ende schien sich zu nähern. Doch da wurde der Streifen genauso plötzlich, wie er begonnen hatte, unterbrochen. Die Filmspule war am Ende angelangt und begann sich automatisch zurückzuwinden.

Ich rückte den Stand in seine alte Position zurück. Nachdem ich mich von dem Mädchen, das mich jetzt, wo es meinen Wunsch erfüllt wusste, ganz offen anblickte, ziemlich linkisch verabschiedet hatte, stürzte ich aus dem Laden. Ich hatte das unangenehme Gefühl, dass alle Welt mich anstarrte, und fühlte mich dabei wie jemand, der gerade aus einem der Sexkinos in Beyoğlu herauskommt. In einem Sportartikel-Geschäft erstand ich eine billige Tasche und warf die Kassette hinein.

Dann suchte ich die Toilette im gleichen Stock auf. Nachdem ich mir dort das Gesicht gewaschen hatte, fühlte ich mich bereit für mein Rendezvous mit Zuhal. Im Grunde war ich nur wenig verspätet.

# 14

Die draußen herrschende Hitze hatte vor dem Belüftungssystem des gewaltigen Einkaufszentrums kapituliert. Hier drinnen war jedenfalls nichts davon zu spüren. Ich schlängelte mich durch die Menschenmenge, die sich in diesem ganz dem leiblichen Wohl verschriebenen Stockwerk dicht an dicht drängelte, und steuerte das chinesische Fast-Food-Restaurant an. Die Tasche baumelte an meiner Schulter. Schon von weitem konnte ich feststellen, dass ich tatsächlich nicht zu spät kam. Zuhal saß allein an einem Tisch und war noch mit ihrem Mahl beschäftigt. Ihr Blick war auf den Tisch gerichtet. Beim Näherkommen konnte ich sehen, dass sie wesentlich besser aussah als am Vortag. Ihre Haare, die sie aufgelöst über die Schultern herabfallen ließ, hätten jeder Shampoo-Reklame Ehre gemacht. Sie trug eine weiße, langärmelige Bluse, die jedoch den Bauchnabel freiließ. Soweit man das unter dem Tisch verfolgen konnte, war auch ihr Mini nicht von schlechten Eltern.

Sie schien völlig in Gedanken versunken. Auf jeden Fall dauerte es einige Zeit, bis sie mich überhaupt bemerkte. Und dann wartete sie, bis ich das Wort an sie richtete.

»Hallo«, sagte ich. Ich setzte mich ihr gegenüber und stellte die Tasche neben meinen Füßen ab.

»Hallo«, erwiderte sie. »Sie sind ja gar nicht zu spät.«

»Man sollte immer auf alles gefasst sein«, sagte ich.

»Das sagte meine Mutter auch immer«, meinte sie.

Die Stimmung schien nicht rosig, weswegen ich sagte: »Du siehst heute gut aus.«

»Ich weiß nicht«, meinte sie und stocherte mit ihrer Plastikgabel an der Tischkante herum. Die Gabelspitze brach ab.

»Warte, ich hol dir ’ne neue Gabel«, sagte ich.

»Ich mag nicht mehr weiteressen. Würden Sie mir einen Kaffee holen?«

Als ich auf die Theke zuging, stellte ich fest, dass auch mein Hungergefühl verflogen war. Wahrscheinlich wegen des Films. Mit zwei Kaffeebechern in den Händen kehrte ich zum Tisch zurück. Wir saßen uns gegenüber und wussten nicht so recht, wie wir die Konversation in Fluss bringen sollten. Ich nahm meine Zigaretten hervor.

»Rauchen verboten«, sagte sie kurz.

»Die da rauchen aber doch«, sagte ich und zeigte auf zwei Burschen ein paar Tische hinter uns.

Eine griesgrämig dreinblickende Angestellte kam an unseren Tisch und fragte, ob sie Zuhals Tablett abräumen könne. Zuhal machte eine zustimmende Handbewegung, und das Tablett verschwand. Ich trank einen Schluck von meinem Kaffee. Er war scheußlich.

»Habe ich mich eigentlich schon bei Ihnen bedankt?«, fragte Zuhal, wobei sie mit dem Finger um den Rand ihres Plastik-Kaffeebechers strich, von dem sie noch nicht einen Schluck genommen hatte.

»Ja, das hast du«, sagte ich. Immerhin hatte sie das Wort ergriffen, das war schon mal gut.

»Ich war gestern wohl in einem schlimmen Zustand«, sagte sie.

»Das kann vorkommen«, tröstete ich sie.

»Hab ich Blödsinn geredet?«

»Nein«, sagte ich.

Endlich nippte sie an ihrem Kaffee. »Grässliches Gesöff«, sagte sie. »Wollen wir irgendwo hingehen, wo geraucht werden darf?«

Wir fanden ein Café mit Aschenbechern auf den Tischen. Auf dem Weg dahin schauten alle Passanten ihrem Miniröckchen nach. Ich fühlte mich wieder einmal wie ein alternder Weiberheld, der seine Lolita spazieren führt.

Hier wurde der Kaffee in echten Tassen serviert. Bald stiegen Rauchfahnen von unserem Tisch auf. Als ich die Aufwärmphase für abgeschlossen hielt, sagte ich ohne Vorwarnung: »Ich muss Ibo finden.«

»Für mich wär's auch nicht schlecht, ihn zu finden«, sagte Zuhal. Unklar blieb dabei, ob sie seinen Aufenthaltsort nun kannte oder nicht.

»Ist er kein einziges Mal zurückgekehrt?«, fragte ich jetzt.

Statt einer Antwort umklammerte sie ihre Tasse.

»Hat er vielleicht mal angerufen?«

Ein Zug an der Zigarette.

»Wart ihr die ganzen letzten acht bis zehn Tage zusammen?«

Ein Schluck Kaffee.

»Hör zu, Zuhal. Ich muss Ibo unbedingt finden. Und zwar zu seinem eigenen Nutzen. Wahrscheinlich auch zu deinem.«

Sie hob den Kopf und schaute mich an. »Wer sind Sie denn überhaupt?«, fragte sie. »Wieso interessieren Sie sich so für uns?«

Diesmal war ich an der Reihe, die Antwort mit Kaffee- und Zigarettenpausen hinauszuzögern. Schließlich sagte ich: »Ich bin Privatdetektiv. Das Gesetz sieht einen anderen Namen vor, aber das spielt keine Rolle. Ibos Onkel hat mich beauftragt, seinen Neffen zu finden. Das ist mein einziges Ziel, sonst will ich gar nichts von euch.«

Sie sah mir ins Gesicht. Ich entschied, einen Schritt weiter zu gehen.

»Im Laufe meiner Nachforschungen bin ich auf dies und das gestoßen. Zum Beispiel, dass Ibo begonnen hat, gewisse Aktionen, die er besser unterlassen hätte, an Orten, wo dies ganz und gar nicht angebracht war, durchzuführen. Das ist, glaube ich, wohl auch der Grund für sein Verschwinden. Wenn ich ihn finde, kann ich den Schaden auf ein Minimum begrenzen.«

Sie sah mich an, als wäre sie drauf und dran, eine Entscheidung zu treffen. Ich holte noch ein wenig weiter aus.

»Ich schätze, ich kann auch dir helfen«, sagte ich.

Um ihr die Entscheidung zu erleichtern, fügte ich hinzu: »Wenn du selbst konsumierst, so geht mich das nichts an. Nur ein Arzt kann dir helfen, wenn du aussteigen möchtest. Mit dem Vertrieb des Stoffes ist jedoch weder die Polizei noch das Gericht einverstanden. Ich bin es übrigens auch nicht.«

»Er hat mich dazu gezwungen«, sagte sie mit kaum vernehmbarer Stimme. Sie beugte den Kopf über den Tisch, sodass ihr Gesicht unter dem glänzenden Haar verschwand. Ihre Schultern zitterten.

»Ich weiß«, sagte ich. »Deswegen belastet es auch nicht mein Gewissen, wenn ich dir helfe.«

Ich war ziemlich sicher, dass die beiden seit einiger Zeit unentwegt zu uns herüberstarrenden Matronen, die sich von ihren Einkäufen ausruhten, zur gleichen Zeit das Gleiche dachten: Da haben wir's. Endlich hat sie ihm gestanden, dass sie ein Kind von ihm erwartet. Und der fiese Alte erklärt ganz einfach, dass er sich nicht von seiner Frau scheiden lassen kann. Das arme Mädchen!

So arm war das Mädchen aber gar nicht. Entschlossen hob Zuhal den Kopf. »Er hat eine Kassette. Wenn Sie mir versprechen, dass Sie mir diese bringen, sobald Sie ihn gefunden haben, verrate ich Ihnen seinen Aufenthaltsort.«

»Einverstanden! Es gibt noch andere Dinge, die ich gern wüsste.«

Sie schaute mich fragend an. »Zum Beispiel?« Die Kleine hatte Haare auf den Zähnen.

»Wie hat das Ganze angefangen? Und wann?«

Sie nahm eine Zigarette aus dem auf dem Tisch liegenden Päckchen und fragte: »Was hat das mit Ihrer Suche nach Ibo zu tun?«

»Es geht leider nicht mehr nur um Ibo. Hast du heute Morgen die Zeitung gelesen? Gestern ist ein Mann ermordet worden. Ein Mann, der auch in der Sache drinsteckte, in die Ibo dich hineingezogen hat.«

»Mein Gott«, rief sie, mit einem Ausdruck von Angst und Neugierde. »Auch das noch! Wer hat das getan?«

»Das weiß ich nicht«, sagte ich. »Das herauszufinden, ist Sache der Polizei. Doch ihr steckt alle mit da drin, du, Ibo, Sinem ...«

Als der Name Sinem fiel, veränderte sich ihr Gesichtsausdruck in auffälliger Weise. Doch dauerte dies nicht lange genug, um mir zu erlauben, ihre Gedanken zu ergründen.

»Die Adresse der Wohnung in Ataköy haben Sie von Sinem?«

»Ja«, sagte ich. »Offensichtlich ist auch sie daran interessiert, dass ich Ibo finde.«

»Haben Sie sich nie gefragt, warum Sinem nicht selbst vorbeigekommen ist?«

»Entweder hatte sie Angst, oder sie schämte sich«, gab ich zur Antwort.

»Wie kommen Sie darauf, dass sie sich schämte?«, fragte Zuhal schroff.

»Ich habe zufällig die Polaroidabzüge gesehen.«

»So ein gemeiner Hund«, quetschte sie zwischen den Zähnen hervor.

»Hör zu, Zuhal«, sagte ich jetzt. »Hören wir auf, um den heißen Brei herumzureden.«

»Was wollen Sie hören?«, fragte sie. Ihre Widerstandskraft schien plötzlich aufgebraucht.

»Am besten alles von Anfang an«, sagte ich.

Die beiden vom Einkaufen ermüdeten Hausfrauen hatten sich erhoben. Zuhal winkte den Ober heran und bestellte sich noch einen Kaffee. Noch bevor dieser serviert wurde, steckte sie sich eine neue Zigarette an.

»Im Grunde«, so fing sie an, sobald ihr Kaffee vor ihr stand, »ist es eine ganz simple Geschichte. Anfang dieses Jahres habe ich Sinem auf der Uni kennen gelernt. Sie war Fotomodell. Ich habe mich ein bisschen an sie gehängt, weil ich wohl heimlich darauf spekulierte, dass ich vielleicht auch mal so ein Angebot bekomme. Dann erschien Ibo auf der Bildfläche. Wir waren zwei Küken, er immerhin schon in der dritten Klasse. Aus Tarsus, aber ein netter Junge. Wir begannen, zu dritt herumzuziehen. Allmählich kamen wir uns immer näher. Dann, irgendwie ohne dass wir es merkten«, hier zögerte sie einen Augenblick, fuhr dann aber entschlossen fort, »fanden wir uns alle drei im gleichen Bett wieder.«

Schweigen.

»Sinem und ich hatten auf den Model-Partys bereits mit dem Stoff Bekanntschaft gemacht. Allerdings nur flüchtig, nur so, um dabei zu sein. Dann stellte sich heraus, dass Ibo in diesem Zusammenhang eine regelrechte Goldader war. Er hatte massenhaft davon, so viel man nur wollte. Dabei schien seine Familie gar nicht mal so reich zu sein. Wir konnten uns nicht erklären, woher er so viel von dem Zeugs hatte. Wirklich viel.«

Und Yusuf Sari, wie auch der Chef, sahen zu, wie er sich von der Ware bediente.

»Dann sagte Ibo eines Tages, dass er mich fotografieren wolle. Nacktfotos, aber nicht Porno, sondern künstlerisch. Ich glaube, er wollte seinen Kollegen beweisen, dass er gar nicht so provinzlerisch war. Deshalb willigte ich ein. Er fotografierte mich, ohne mein Gesicht zu zeigen. Angeblich für eine Ausstellung. Inzwischen konsumierten wir immer öfter. Es gab ja genug von dem Zeug. Und wir konnten es ja jederzeit wieder lassen. Und während die anderen wahnsinnig viel dafür bezahlen mussten, bekamen wir es umsonst. Eines Tages waren wir so richtig high … Er hatte begonnen, im Bett ›lustige Fotos‹ zu machen, wie er es nannte. Wir schauten uns die Abzüge an und lachten uns halb tot. Natürlich waren wir nicht ganz bei Verstand. Wir fühlten uns einfach gut und fanden diese verrückte Idee in dem Moment ganz toll. Dann sagte er, das sollten wir auch filmen, dann könnten wir es uns hinterher ansehen … Am Tag darauf war ich ganz schön sauer über den Blödsinn, den wir da gebaut hatten. Sobald ich wieder einen klaren Kopf hatte, zerriss ich die Fotos. Das Video haben wir gemeinsam gelöscht. Ibo ließ sich eine Zeit lang nicht sehen. Als ob er sich schämte für sein Verhalten. Das war jedenfalls meine Erklärung dafür, eine falsche, wie sich herausstellte. Dann kam eines Tages ein seltsamer Anruf.«

»Von Orhan Yilmaz?«, fragte ich.

»Ein mieser Typ, so'n richtiges Ungeziefer. Er fing gleich damit an, dass ich meine Rolle in dem Film hervorragend gespielt hätte. Ich konnte es nicht glauben, wir hatten den Streifen doch zusammen gelöscht.«

»Was wollte er genau?«

»Nichts Genaues. Ich war sprachlos vor Wut. Er erzählte Einzelheiten aus dem Streifen. Wie so'n Telefonsex-Spanner. Ich legte ein paar Mal auf, doch er ließ einfach nicht locker. Ich konnte ja mit niemandem darüber sprechen, deshalb lief ich zu Ibo. Der tischte mir eine ziemlich unglaubwürdige Geschichte auf, dass wir den Streifen nicht richtig gelöscht hätten, dass dieser rein zufällig Orhan in die Hände gefallen sei … Und dass er genauso in der Klemme sei …«

»Sein Onkel durfte sicher nichts von diesem Film erfahren …«, warf ich ein.

»Natürlich nicht. Aber auch andere nicht. Schließlich kam er mit seinem Anliegen heraus. Er gab zu, dass der Stoff, den wir die ganze Zeit konsumiert hatten, eigentlich Orhan Yilmaz gehörte und dass dieser den Streifen niemandem zeigen würde, wenn wir drei täten, was er wollte. Ich konnte das nicht glauben. Der Orhan Yilmaz, den ich vom Telefon her kannte, war ein ganz primitiver Kerl. Ein echt blöder Typ, der unmöglich Chef einer Drogenmafia sein konnte. Aber wir hatten keine andere Wahl und mussten tun, was er wollte.«

Das heißt, die Mädchen bereiteten die Kunden vor, die Süslü, Firat und Adnan dann bedienten.

»Es war auch nicht weiter schwer. Wir konnten ganz normal weiterleben, während Ibo uns reichlich mit Stoff versorgte. Davon gaben wir ab und zu etwas weiter, wenn jemand an uns herantrat. Das war alles. Irgendwann begann Ibo dann, sich einzumischen und uns vorzuschreiben, wem wir das Zeug nicht geben durften. Die kriegten dann nichts.«

»Zum Beispiel Meltem von der Soziologie …«, sagte ich. Sie sah mich an, als wollte sie sagen: Die kennst du also auch.

»Die Arme«, sagte Zuhal. »Aber sie ist nicht richtig tief reingerutscht. Ibo hatte an sich gar nicht so viele Kunden. Wenn da nicht noch andere Mädchen sind … Aber dann kam er eines Tages …«

Hier verzog sich ihr Gesicht zu einer abschätzigen Grimasse.

»Er machte fast in die Hosen vor Angst. Das war vor etwa zehn Tagen. Es sei alles herausgekommen. Er war wie wahnsinnig und sagte dauernd: »Wie ist das möglich, wie ist das möglich?« Er war so verängstigt, dass er nicht allein sein konnte. So hatte ich ihn noch nie gesehen. Er schleppte mich in die Wohnung in Ataköy, wo wir uns einschlossen. Er ging nie fort und erlaubte es mir auch nicht. Außer Sinem wusste niemand von der Wohnung. Die hat sich aber auch nicht gemeldet. Er blieb einfach da und versteckte sich. Bis gestern ein Anruf von Sinem kam …«

Und Remzi Ünal die Bühne betrat.

# 15

Ich bin im Grunde gar nicht erpicht darauf, Dinge in Bewegung zu setzen. Vielmehr entspricht es meinem Charakter, Sachen zu verfolgen, die bereits angelaufen sind. Und wo immer ich es vermeiden kann, mische ich mich nicht in das Geschehen ein. Das Leben ist schon schlimm genug, ohne dass ich meine Nase hineinstecke.

»Als Sinem gestern anrief, geriet Ibo völlig außer sich«, fuhr Zuhal fort. Inzwischen hatte sie die Hemmungen, mir ins Gesicht zu sehen, vollständig abgelegt. »Zuerst schrie er wie verrückt herum: ›Warum hast du das getan, du dumme Kuh? Verdammt, was sollen wir nun machen?‹ Dann fing er an, sie anzuflehen: ›Ich bitte dich, mach das nicht.‹ Dann sagte er: ›Das kriegen wir schon hin. Wir machen das zusammen.‹ Und dann ging er plötzlich fort … Moment mal, Moment mal«, sagte Zuhal, als ob ihr gerade in diesem Augenblick etwas Schreckliches in den Sinn gekommen sei. »Sinem hat den Mann doch wohl nicht …«

Im ersten Augenblick glaubte ich, falsch hingesehen zu haben. Vier Tische hinter dem unseren nahm gerade ein Mann Platz, den ich tags zuvor kennen gelernt hatte, eine Bekanntschaft, auf die ich gern verzichtet hätte.

Zuhal fuhr unbeirrt fort in ihrer Erzählung: »Ich blieb allein in der Wohnung zurück. Ibo war wohl zu Sinem gegangen, nach Levent. Wenn ich auch nicht gerade in ihn verliebt war, so war ich wahrscheinlich doch eifersüchtig. Er hatte mich verlassen, um ihr zu helfen, was immer ihr Problem war. Wahrscheinlich hatte ich auch Angst, so allein. So führte ich mir eine schöne Portion von der Gratisware zu. Ich glaube, wenn man das allein konsumiert, wirkt es noch viel stärker …«

Es gab keinen Zweifel. Der kleinere Gorilla war kein Typ, den man leicht vergaß. Da saß er nun und sah zu uns herüber. Ich ließ Zuhal nichts davon merken.

»Und dann kamen Sie. Ich weiß nicht mehr genau, was ich Ihnen erzählt habe. Irgendwann kam ich dann auf dem Bett liegend zu mir.«

An sich brauchte ich nichts zu befürchten. Vor so vielen Zeugen würde er kaum etwas anzustellen wagen. Außerdem war er ohne den großen Gorilla gekommen. Trotzdem sagte ich Zuhal immer noch nichts davon. Jetzt kam der Ober und brachte dem kleinen Gorilla ein Eis.

»Das ist alles«, sagte Zuhal. »Gibt's noch Fragen?«

»Ja, die Adresse in Levent.«

»Zuerst die Kassette«, sagte sie.

»Ist die immer noch so wichtig?«

»Sehr sogar. Nachdem der Dreckskerl Orhan Yilmaz ja ins Gras gebissen hat, kann ich nicht riskieren, dass sie jemand anderem in die Hände gerät. Ich muss sie haben, das ist meine einzige Rettung.«

Ach, mein armes Kind, sagte ich mir im Stillen und wünschte mir, einiges, was ich gesehen und gehört hatte, lieber nicht wahrgenommen zu haben. Als ob es so einfach wäre, da herauszukommen.

»Und Ibo?«, fragte ich.

»Der soll sich zum Teufel scheren«, sagte sie. »Ich will ihn nicht mehr sehen!«

Der kleine Gorilla schleckte wie ein kleines Kind mit großem Genuss sein Eis, ohne seine Augen von uns zu nehmen.

»Und die Uni?«, fragte ich.

»Mit dem Studium ist es wohl aus«, sagte sie. »Ich werde nach Izmir zurückkehren. Wenn ich's hinkriege, studiere ich dort weiter. Aber vorher muss ich die Kassette haben.

»Warum gehst du nicht hin und holst sie dir selbst?«

»Dafür gibt es mindestens fünf Gründe«, antwortete sie. »Ist ja auch egal. Ich will nicht mehr darüber reden.«

Im Geiste zählte ich mir die Gründe auf, aber ich kam nur auf zwei, nicht auf fünf.

Der kleine Gorilla saß jetzt mit auf dem Tisch übereinander gelegten Händen da und schaute immer noch zu uns herüber.

»Gib mir die Adresse«, sagte ich.

»Wir haben uns doch verstanden?«, fragte sie.

»Besser, als du glaubst«, sagte ich.

»Haben Sie ein Stück Papier?«

»Ist nicht nötig. Lass hören.«

Sie sagte mir den Namen einer Straße in Levent und die Hausnummer. Die Straße war mir bekannt, ich musste mir nur die Nummer merken. Ich lehnte mich auf meinem Stuhl zurück und verschränkte die Hände hinter meinem Kopf. Ganz gleich, worüber man verhandelte, es war immer besser, sofort bar zu zahlen, wenn man Geld dabei hatte. Bevor der Preis angehoben wurde.

»Hast du je Sport getrieben?«, fragte ich sie unvermittelt.

Ihr Gesichtsausdruck hätte nicht verwunderter ausfallen können, wenn ich sie gefragt hätte, welcher Partei sie bei der nächsten Wahl ihre Stimme geben würde. Oder, zum Beispiel, ob ich sie zu einer Droschkentour auf der Insel Burgaz einladen dürfte. Ihre Verwirrung mit geheimer Schadenfreude genießend, schaute ich ihr ins Gesicht. Ich muss gestehen, dass meine momentane Überlegenheit mir richtig Spaß machte. Ein schwacher Zug, zugegeben. Dabei schob ich mit dem Fuß die Sporttasche in ihre Richtung.

»Eine günstige Gelegenheit, damit anzufangen«, sagte ich. »Nimm die Tasche, tu rein, was du willst, aber lass sie um Himmels willen nicht bei jemandem stehen, der einen VHS-Videorecorder besitzt.«

Zunächst einmal begriff sie nichts. Doch da sie nicht auf den

Kopf gefallen war, dauerte es nicht lange, bis sie alles verstanden hatte. Sie sah mich mit großen, erstaunten Augen an. Sie machte Anstalten, aufzustehen und mich zu umarmen. Ich gab ihr mit der Hand ein Zeichen, sitzen zu bleiben. Wir wollten doch nicht die Aufmerksamkeit des kleinen Gorillas auf die Tasche lenken.

»Sie sind unglaublich«, sagte sie.

»Stimmt«, sagte ich. »Manchmal glaube ich mir selbst nicht.«

»Ich danke Ihnen«, sagte sie. »Wirklich, wie kann ich Ihnen dafür danken?«

Hier zeigte sie sich wieder, meine Schwäche, diesmal vielleicht noch stärker.

»Komm heute abend mit mir zum Abendessen. Wir werden allerdings nicht allein sein.«

»Schade«, sagte sie. Diesmal war es an mir, erstaunt zu sein. »Mit Ihnen könnte ich, überall und so lange Sie wollen, allein sein.«

Ich konnte nicht zulassen, dass die sich von ihrer Einkaufsorgie ausruhenden Matronen von vorher letztendlich doch noch Recht behielten. So sagte ich: »Jetzt geh, bevor ich bereue, dass ich dich zu einem kleinen Abendessen eingeladen habe, zusammen mit jemandem, der dir bei deinen Problemen an der Uni vielleicht von Nutzen sein kann. Das Essen ist um neun Uhr im Lokal der Ehemaligen.«

Sie sagte kein Wort und gab mir nicht einmal die Hand. Mit einem glücklichen Lächeln auf ihrem Gesicht, das mich unverwandt ansah, bückte sie sich, nahm die Tasche und verschwand. Ich sah ihr nicht nach. Meine Augen waren auf den kleinen Gorilla gerichtet.

Als ob das Stichwort für seinen Bühnenauftritt gefallen wäre, erhob dieser sich jetzt, kam zu mir herüber und nahm mir gegenüber Platz.

»Der Chef«, sagte er nur. Dann: »Der Chef erwartet dich.«

Der Kerl konnte ja sprechen! Ich behielt diese Entdeckung aber lieber für mich. »Wie hast du mich gefunden?«, fragte ich.

»Der Chef«, sagte er wieder. »Der ist schlau. Und du hast ihm gefallen. Er hat gesagt, du hättest was auf dem Kasten. Er hat einen von seinen Jungs vor der Haustür des Mädchens Wache schieben lassen. Entweder gehst du zu ihr, oder sie kommt zu dir.« Hier lachte der Kerl: Hahaha! Das Lachen kannte ich ja.

»Was will der Chef denn von mir?«, fragte ich jetzt. Dabei konnte ich mir das an sich ziemlich gut vorstellen.

»Das musst du ihn selber fragen«, meinte er und lachte wieder.

Ich hob die Hand, um die Rechnung zu verlangen. Der Ober schaute abwechselnd auf den kleinen Gorilla und auf mich, da er ja nicht wissen konnte, ob unsere Freundschaft so weit ging, dass ich auch sein Eis bezahlen wollte. Ich nickte großzügig.

Die Sitze des Mercedes waren bequem. Auf jeden Fall viel bequemer als die des Renault 12. Als wir das Einkaufszentrum gemeinsam verlassen hatten, waren wir in den Renault 12 eingestiegen, der in der Nähe des Fußgänger-Haupteinganges stand, an einem Platz, wo niemand, der einigermaßen bei Sinnen war, je sein Auto abgestellt hätte. Von da waren wir in die große Uferstraße eingebogen. Wie ich hatte feststellen können, war der große Gorilla im Auto zurückgeblieben und hatte auf uns gewartet. Ich rauchte stumm, doch dieses Mal mit voller Bewegungsfreiheit meiner Hände, meine Zigarette und schaute hinaus auf die Straße. Nach kurzer Zeit hielten wir hinter dem Mercedes, der auf einem Parkplatz am Straßenrand auf uns wartete.

Noch bevor der große oder der kleine Gorilla mich dazu aufforderten, stieg ich aus und begab mich zu dem Mercedes, dessen Fenster von außen blind waren. Ich lächelte dem mir mit zwei Meter Abstand folgenden kleinen Gorilla zu und öffnete die hintere Türe des Mercedes. Der Chef saß allein darin. Sein Anzug war diesmal noch auffälliger gestreift. Dafür hatte er die weißen

Schuhe gegen schwarze Lackschuhe ausgetauscht. Anstelle der Gebetskette hielt er ein leeres Schlüsselbund in der Hand, an welchem ein Fruchtbarkeitsidol baumelte.

Ich setzte mich wortlos neben ihn. Er nickte dem Fahrer zu, der ihn erwartungsvoll anblickte. Der Wagen setzte sich mit einem weichen Start in Bewegung. Der Renault 12 folgte uns.

»Ich sollte dir ja nicht noch mal unter die Augen kommen«, begann ich das Gespräch. »Es ist nicht meine Schuld, dass ich jetzt hier sitze.«

Nachdem wir zwei Rotlichter passiert hatten, fragte er: »Hast du Ibo gefunden?«

»So gut wie«, sagte ich.

Er wartete ein weiteres Rotlicht ab, bevor er weitersprach: »Ich habe mit Yusuf Sari gesprochen. Er meint, du seist ganz in Ordnung.«

Ich wartete, wobei ich leicht mit den Fingerspitzen auf meine Knie trommelte. Mal sehen, ob der Chef auch eine Schwäche für Speiseeis hatte, wie der kleine Gorilla.

»Er sagte auch, du hättest das Paket, das Orhan Yilmaz bekommen sollte. Das will ich haben.«

»Was geschieht mit Ibo?«, fragte ich.

»Ibo ist mir völlig egal«, sagte er. Das war eine gute Nachricht.

»Wo ist Yusuf Sari?«

»Er ist in einem Hotel in Kadiköy abgestiegen«, sagte der Chef. »Er wartet dort auf Nachricht von dir.«

Mit einer Miene, die verriet, dass derartige Einzelheiten ihm auf die Nerven gingen, las er mir von einem aus der Tasche gezogenen Blatt Papier den Namen des Hotels und die Zimmernummer des Yusuf Sari vor.

Diesmal ließ ich mir Zeit, bevor ich wieder sprach. Doch der Chef erwies sich als ein ebenso geduldiger Gesprächspartner wie ich.

»Ich will das Paket doch gar nicht behalten«, sagte ich schließlich. »Das kannst du sofort haben. Doch vorher gibt es noch zwei Dinge zu regeln.«

»Lass hören«, sagte der Chef, der sich als gewiefter Unterhändler erwies. Ich begann meine Aufzählung: »Istanbul ist groß, die Bosporus-Uni jedoch klein«, sagte ich. Ich wusste nicht, ob das, was ich wollte, für ihn wichtig war oder nicht, doch ich hatte diesen Satz absichtlich ganz langsam und mit großer Betonung auf jedem einzelnen Wort von mir gegeben, ganz so, als ob ich eine äußerst wichtige Mitteilung zu machen hätte.

Er drehte sich um und sah mich an. Zum ersten Mal übrigens, seit ich mich zu ihm gesetzt hatte. Dann schaute er wieder vor sich hin. Der Mercedes hatte inzwischen unter Ausnutzung eines weiteren Rotlichtes den breiten Mittelstreifen überquert, und wir fuhren jetzt in die Richtung, aus der ich vorher angekommen war. Ich hatte überhaupt nicht mitbekommen, dass der Chef dem Fahrer irgendein Zeichen gegeben hatte. Der Renault war immer noch hinter uns.

»Die Bosporus-Uni kann mir gestohlen bleiben«, sagte er. Das war eine noch bessere Nachricht. Doch ich sagte nichts; die Tragweite seiner eigenen Worte sollte ihm so richtig bewusst werden. »Da gibt's sowieso nichts zu holen«, fügte er dann noch hinzu.

Die nächste längere Pause gönnte ich mir selbst, um meinen Erfolg ausgiebig zu genießen. Dann fragte ich: »Wie hast du die Wohnung in Ataköy rausgekriegt?«

Er lachte und sagte: »Die gehört doch mir, du Spinner.«

Das begriff ich nicht. Einer von uns musste spinnen, er oder ich.

»Ich hab Ibo die Wohnung eingerichtet, damit er dort die Mädchen in Ruhe vorbereiten kann«, erklärte er. »Als er verschwand, ist mir überhaupt nicht in den Sinn gekommen, dass er sich dort, in meiner eigenen Wohnung sozusagen, verstecken könnte. Diese Möglichkeit ist mir erst später eingefallen, und auf diese Weise bist du ja zu mir gekommen.«

Der Spinner war also nicht ich, da war ich doch recht froh.

»Die zweite Frage«, sagte ich jetzt. »Wurde Orhan Yilmaz von jemandem aus deinem Bekanntenkreis umgebracht?«

»Das weiß ich nicht«, antwortete er. »Interessiert mich auch nicht. Und wenn ich's wüsste, würde ich's dir kaum sagen. So weit geht unsere Freundschaft nicht.«

Ich hielt mich nicht länger bei diesem Punkt auf. Inzwischen fuhren wir wieder in der Gegenrichtung, doch hielt der Wagen dieses Mal brav vor den Rotlichtern. Dann schien der Chef seine Ansicht über das Niveau unserer Freundschaft plötzlich geändert zu haben: »Ich kenne niemanden, der diesen Mistkerl von Orhan mit seinem eigenen Revolver erschießen würde«, sagte er grinsend. »Und die Sache mit dem Schuss auf seinen Schwanz, da sind die Zeitungen auf dem Holzweg.«

Es lag mir nicht das Geringste daran, hierüber die Wahrheit zu erfahren. Deswegen sagte ich: »Noch eine letzte Bitte.«

»Schieß los«, sagte er.

»Wenn ich gleich dein Auto verlasse, dann könnte es sein, dass ich mir einen kleinen Scherz mit einem deiner Jungs erlaube. Nichts für ungut, klar?«, sagte ich.

»Freut mich, dich kennen gelernt zu haben, Remzi Ünal«, sagte er statt einer Antwort. »Wenn ich dich in Zukunft wieder sehen möchte, ruf ich dich direkt an und schicke dir niemanden mehr auf den Hals.«

Es wäre sicher naiv gewesen, von ihm eine über diese Erklärung hinausgehende Entschuldigung zu erwarten. Ich sagte wieder einmal nichts, und wir saßen für den Rest des Weges schweigend nebeneinander. Ich richtete schon einmal meinen Oberkörper vom Kreuz her auf und begann, tief einzuatmen. Der

Chef blickte stur geradeaus und beobachtete interessiert den flüssig rollenden Verkehr.

Wir hielten genau gegenüber der Stelle, wo sie mich übernommen hatten. Auch der Renault 12 kam hinter uns zum Stehen. Der große Gorilla stieg aus und wartete auf weitere Befehle. Während ich mich vorbeugte, um den Wagen zu verlassen, sagte ich: »Keine Sorge wegen des Pakets. Es kann aber ein bisschen dauern, weil ich es sehr gut versteckt habe.«

Ohne mich anzusehen, erwiderte er: »Ich hab noch genug, um nicht zu verhungern.«

Ich stieg aus und schloss die Tür. Dann ging ich auf den Großen zu und streckte ihm – wie zum Abschied – die Hand hin. Ohne zu begreifen, was er tat, streckte auch er seine Hand aus. Als ich diese in meiner Handinnenfläche spürte, ließ ich mein Handgelenk so weit vorgleiten, dass seine Hand dieses umfasste. Er hielt es gut fest, so als wollte er eine neue Begrüßungsart ausprobieren. Jetzt legte ich meine linke Hand über seine mein rechtes Handgelenk umfassenden Finger und ergriff mit den freiliegenden Fingern sein Handgelenk.

Und dann drückte ich dieses mit völlig unkontrollierter Kraft, wie ich sie in unserem Dojo bei keinem Uke je hätte anwenden können, nach unten. Vor Schmerz fielen ihm fast die Augen aus dem Kopf. Da es ihm nicht in den Sinn kam, in die Knie zu gehen und er vor dem Chef wohl auch nicht schreien wollte, blieb ihm nichts übrig, als diesen Schmerz stumm zu erdulden.

Neben der Autostraße, ohne dass die Vorbeifahrenden auch nur das Geringste davon mitbekommen hatten, war sein Handgelenk gebrochen. Auf jeden Fall hoffte ich, dass dem so war.

Ich hielt ein vorbeifahrendes Taxi an und stieg ein.

# 16

Als ich zum Parking des Einkaufszentrums zurückgekehrt war und wieder in meinem Auto saß, überlegte ich mir, ob ich Yusuf Sari in seinem Hotel anrufen sollte oder nicht. Das letzte Telefongespräch, das ich mit ihm geführt hatte, um ihm mitzuteilen, dass ich Ibos Aufenthaltsort kannte, hatte ja nicht gerade wünschenswerte Folgen nach sich gezogen. Dieses Mal wollte ich nichts falsch machen. Ich rief nicht an.

Kaum aus der Parkgarage herausgefahren, hielt ich beim ersten Simit-Verkäufer an und ließ mir eine Sesambrezel durchs Fenster reichen. Sobald ich mich auf der E-5 in Richtung Levent befand, machte ich das Radio an. Zu meinem großen Erstaunen ertönte ein Stück von Jethro Tull. Erfreut stellte ich das Radio lauter.

Ich glitt auf dem Mittelstreifen dahin, während ich an meinem Simit knabberte und der Flötenmelodie lauschte, die meine Seele streichelte. Ich hatte Ibo gefunden. Ich war auf dem Wege zu ihm, um im Namen all meiner alten und neuen Klienten ein paar Worte mit ihm zu wechseln. Ich fragte mich, was für ein Typ er wohl sein mochte.

Was für ein Typ Orhan Yilmaz gewesen war, interessierte mich dagegen überhaupt nicht. Auch nicht, wer ihn umgebracht hatte. Wofür hatten wir denn schließlich die Polizei? Wer das wirklich wissen musste, konnte sich ja dort informieren. Ich hoffte nur, dass unsere Ordnungshüter nicht auf die Idee kamen, doch noch bei mir anzuklopfen, um mich auszufragen.

Zum Glück waren jetzt die leichtsinnigen Fohlen von der Bosporus-Universität aus dem Schneider. Solange nicht jemand auftauchte, der entweder mächtiger war als der Chef oder dümmer als Ibo, würde so schnell niemand mehr die jungen Leute anfixen, die sich dort auf dem Rasen in der Sonne räkelten.

Es gab also einigen Grund zur Freude. Der Simit war frisch und knusprig, die Musik ganz nach meinem Geschmack und das Wetter angenehm warm, nicht zu heiß. Ich atmete tief durch. Als ich mich der Abzweigung nach Levent näherte, nahm ich den Fuß vom Gas und bog in das Geschäftsviertel ein; anschließend durchfuhr ich langsam etliche Einbahnstraßen, bis ich zu der Straße kam, die Zuhal mir genannt hatte.

Die gesuchte Nummer gehörte zu einem einstöckigen Haus, welches gerade genug heruntergekommen war, um die Aufmerksamkeit der Bauspekulanten auf sich zu ziehen. Denn in dieser Straße hatten sie bereits so gründliche Abrissarbeit geleistet, dass jetzt fast ausschließlich mehrstöckige Geschäftsvillen die Gegend prägten. Neben dem Haus stand ein Betonklotz im Rohbau. Nach einigem Suchen fand ich den letzten freien Platz in einer weiter unten liegenden Parallelstraße.

Ich verabschiedete mich bedauernd von den immer noch aus meinem Autoradio tönenden Jethro Tull und kletterte aus meinem Wagen. Durch einen kleinen, zwischen Vorgärten verlaufenden Durchgang gelangte ich zu der Straße, in welcher sich das gesuchte Haus befand. Weitere fünfzig Schritte, und ich stand davor. Das Gartentor quietschte. Als ich auf die Klingel drückte, bemerkte ich, dass sich der Vorhang hinter dem Fenster über der Tür leicht bewegte.

Es dauerte ein Weilchen, dann ging die Tür auf, und ich stand überrascht vor einem freundlichen Mütterchen, das die siebzig um einiges überschritten haben mochte. Ihre von einem hauchdünnen Kopftuch halb bedeckten Haare waren schneeweiß.

Ich trat unwillkürlich einen Schritt zurück. Hatte ich etwa an der falschen Tür geklingelt? Doch das kleine Schild über der Haustür bestätigte mir, dass ich am richtigen Ort war.

»Was gibt's, mein Sohn«, sagte die Frau, als ich schweigend da stand.

»Guten Tag, Tantchen«, konnte ich schließlich hervorbringen. »Ich möchte zu Sinem Hanim.«

Sie zögerte einen Augenblick und sagte dann mit ihrer zarten Stimme: »Da muss ein Irrtum vorliegen, mein Sohn, hier wohnt niemand mit dem Namen.«

Ich wollte die alte Frau nicht bedrängen und tat so, als ob ich meinen Fehler sofort einsähe. »Ach so. Entschuldigen Sie bitte die Störung.« Ich deutete eine Abschied und Entschuldigung kombinierende leichte Verbeugung an. Durch den Türspalt verfolgte sie meinen Rückzug, bis ich am Gartentor angelangt war. Ich war sicher, dass sie im Geiste bereits ihren Herrgott anflehte, er möge ihr diese Lüge vergeben.

Als ich das Gartentor geschlossen und den Gesichtskreis der alten Frau verlassen hatte, betrat ich die Baustelle neben dem Häuschen. An Zementsäcken und Eisenträgern vorbei bewegte ich mich wieder in der gleichen Richtung vorwärts, aus der ich gerade gekommen war. Weit und breit war kein Arbeiter zu sehen. Ich verspürte das tiefe Bedürfnis, dem zuständigen Bürgermeister meinen Dank auszusprechen, dem offenbar eine gewisse Inkongruenz zwischen der Baubewilligung und der sich hier real auftürmenden Konstruktion nicht entgangen war.

Hinter dem Haus trennte eine niedrige Mauer den ungepflegten Garten des alten Mütterchens von dem des Neubaus. Die Blumen und Schlingpflanzen darauf, welche diese Mauer früher geschmückt hatten, waren jetzt völlig vertrocknet. Auch der Garten bot mit seinem hoch geschossenen, vergilbten Unkraut ein Bild der Dürre.

Ich übersprang die Mauer mit Leichtigkeit. Dann schritt ich auf die Küchentür des alten Hauses zu, die auf den Garten hinausging, und schaute in die Küche hinein. Da stand Sinem, mit einer Hand an der Tür des Kühlschranks. Sie trug ein Paar Jeans und eine Bluse.

Die Küchentür war geschlossen, weswegen ich, höflich um Einlass bittend, ein-, zweimal leicht an den Türrahmen klopfte.

Wenn Sinem verblüfft war, so ließ sie sich das jedenfalls nicht anmerken. Sie schien mir viel gelassener als bei unserem letzten Treffen auf dem Universitätsgelände.

»Ich hab's mir gleich gedacht, dass meine Tante Sie nicht hereinlegt«, sagte sie.

»Der Junge ähnelt dem Onkel, das Mädchen der Tante«, sagte ich, indem ich mir mit der Hand über die Lippen strich. »Hab ich auch schon graue Haare?«

»Das dauert wohl noch ein paar Jährchen«, meinte sie.

»Ist Ibo da?«, fragte ich jetzt.

»Ja, er ist oben. Was haben Sie vor mit ihm?«

»Nichts«, sagte ich.

»Es geht ihm sehr schlecht.«

»Das war zu erwarten«, entgegnete ich.

»Er hat Angst, ganz schreckliche Angst. Neben ihm fühle ich mich direkt mutig.«

»Das sieht man. Zeig mir, wo's langgeht.«

Die Treppe führte direkt hinter der Küche nach oben. Die alte Tante mit dem spitzen Mündchen saß in einem Zimmer direkt gegenüber der Haustür und las in ihrem Koran, wobei ihre Lippen sich unaufhörlich bewegten. Sie tat, als ob sie mich nicht bemerkte.

Über eine Wendeltreppe stiegen wir einen weiteren Stock hinauf. Sinem klopfte an die Tür eines Zimmers und rief: »Ibo! Ibo!«

Aus dem Zimmer kam keine Antwort. Behutsam öffnete Sinem die Tür. Sie ging zuerst hinein, ich folgte ihr. Das Zimmer schien leer.

Da ertönte hinter uns eine Stimme: »Welcher Hund hat mich verraten?«

Wir drehten uns um. Ibrahim Sari stand mit dem Rücken an

der Wand auf dem Bett unmittelbar neben der Tür. In der Hand hielt er einen Revolver.

»Mach keinen Blödsinn, Ibo«, sagte ich. »Wenn du abdrückst, kriegt die arme alte Frau da unten einen Riesenschreck.«

Die Hand mit der Waffe sank langsam nach unten. Ibo folgte dieser Abwärtsbewegung, indem er mit dem Rücken die Wand entlangrutschte und in die Knie ging. Jetzt hockte er auf dem Bett in der gleichen Pose wie Yilmaz Güney in seinem Film »Die Hoffnung«. Es fehlte nur die Pluderhose.

Sein Gesicht war ziemlich eingefallen im Vergleich zum Foto, das ich in Tarsus gesehen hatte.

»Ist das der Revolver von Orhan Yilmaz?«, fragte ich ihn.

Ibrahim Sari nickte.

»Ich hatte dir doch gesagt, du sollst ihn liegen lassen!«, schrie Sinem ihn an. »Du hast nicht auf mich gehört und ihn doch mitgenommen, nicht wahr?«

Ich nahm den Revolver auf, indem ich ihn mit einem Zipfel des herabhängenden Betttuches anfasste. Dann hob ich die Matratze vom Fußende her hoch und warf die Waffe darunter. »Wir brauchen keine Waffen«, sagte ich. »Wir werden nur ein bisschen plaudern. Und dann wird Ibo seinen Onkel anrufen.«

Sinem hatte sich jetzt auch auf das Bett gesetzt. Halb zornig, halb mitleidig schaute sie auf Ibrahim Sari.

»Dein Onkel ist in Istanbul, Ibo«, sagte ich jetzt. »Er ist sofort hergekommen, als er von der Sache mit Orhan erfuhr.«

»Ich war das nicht«, sagte Ibo mit zitternder Stimme. »Wir waren das nicht.«

»Red keinen Blödsinn, Ibo«, sagte Sinem. Ich gab ihr ein Zeichen zu schweigen. Ich hatte mich auf den einzigen im Zimmer vorhandenen Stuhl gesetzt.

»Aber wir haben das wirklich nicht getan«, insistierte Ibrahim Sari.

»Ihr seid aber dort hingegangen, oder?«, fragte ich.

»Das war meine Idee«, sagte Sinem jetzt. »Wir mussten da hin.«

»Wir sind hingegangen und haben ihn da liegen gesehen«, sagte Ibrahim. »Dann haben wir ...« Er schaute Sinem an.

»Red keinen Quatsch«, sagte Sinem erneut.

»Ja, aber du hast die Kassette ja nicht gefunden«, sagte Ibrahim Sari. Und dann begann er zu lachen, als ob er etwas äußerst Komisches zu erzählen hätte. »Die«, sagte er, indem er auf Sinem zeigte, »hat doch tatsächlich versucht, unter dem tot am Boden liegenden Kerl herumzusuchen, als sie die Kassette nirgends finden konnte ...«

»Sei endlich still, Ibo«, sagte Sinem.

»Dass sie die Kassette nicht gefunden hat, ist ziemlich normal, wenn man bedenkt, dass sie mir in der Dunkelkammer in die Hände gefallen ist«, erklärte ich.

Sinem verwandelte sich urplötzlich in eine Furie. Sie warf sich auf Ibrahim und begann, auf seinen Kopf einzuschlagen. Ibrahim duckte sich nur und versuchte, mit den Händen seinen Kopf zu schützen.

»Hurensohn, verdammter ... Du Hurensohn ...« Ich mischte mich nicht ein. »Du hast die Kassette also kopiert ...«, rief sie.

Während die Schläge auf ihn niederprasselten, wurde ganz leise an die halb geöffnete Tür geklopft. Die Tante mit dem feinen Mündchen trat ein, wie eine Erscheinung aus einer anderen Welt. Auf dem Kopf trug sie ein noch kostbareres Kopftuch als vorher und in ihren Händen ein wunderschönes altmodisches Tablett, auf welchem drei schlank taillierte Gläser mit dampfendem Tee und eine Zuckerdose standen.

»Ich habe Tee für euch gemacht, Kinder«, sagte sie. »Das tut gut bei dieser Hitze.«

Wortlos und in ehrerbietiger Haltung, als wären wir in eine schöne alte Zeit zurückversetzt, nahmen wir unsere Teegläser entgegen. Die Alte verschwand genauso geräuschlos, wie sie eingetreten war. Als sie das Zimmer verlassen hatte, stellte Sinem ihren Tee auf der Kommode am Fußende des Bettes ab und begann zu weinen.

Auch Ibrahim Sari ließ seinen Tee am Boden stehen, dann ging er zu Sinem herüber. Er legte ihr seine Hand auf die Schulter und zog sie an sich. Sinem weinte mit lautlosen Schluchzern.

Ich hatte schon lange keinen Tee mehr aus diesen zierlichen Gläsern getrunken. Ich nahm einen Schluck, während ich die beiden beobachtete. Dann noch einen. Der heiße Tee war eine Wohltat für meine trockene Kehle.

Als Sinems Weinen nicht mehr ganz so heftig war, begann ich zu sprechen.

»Trinkt, Kinder«, sagte ich. »Der Tee ist fabelhaft.«

Dann saßen wir noch eine Weile, ohne zu sprechen.

Als die Teegläser leer getrunken waren, schienen sowohl Ibo wie auch Sinem sich beruhigt zu haben. Beide schauten mich an, als wollten sie wissen, wie es nun weitergehen sollte.

Ich kam umgehend zur Sache. »Wenn ich recht verstanden habe«, sagte ich zu Ibrahim, »dann hat Sinem dich in Ataköy angerufen. Sie wollte in das Aufnahmestudio von Orhan Yilmaz gehen, um die Kassette zu verlangen. Du hast darauf gesagt, wir gehen zusammen, und so habt ihr's auch gemacht. Um welche Zeit hat Sinem angerufen?«

»Sofort nachdem ich mit Ihnen auf dem Parkplatz gesprochen hatte«, sagte Sinem.

»Warum?«, fragte ich.

»Ich habe Panik bekommen«, sagte sie. »Solange wir ganz unter uns waren, konnten wir uns aufeinander verlassen. Und dann taucht plötzlich jemand von draußen auf. Ich wusste nicht, ist der nun von der Polizei oder der Mafia oder was weiß ich …«

»Sie war völlig außer sich«, bestätigte Ibrahim Sari. »Sie redete völlig wirres Zeug.«

»Ich fühlte mich, als hätte ich Ibo verraten, und schämte mich. Ich wollte, dass er sich stellte, aber gleichzeitig …«

»Wie spät war es, als ihr am Studio ankamt?«, fragte ich.

»Das weiß ich nicht mehr«, sagte Ibrahim. »Aber bevor wir hingingen, haben wir beide noch lange herumgesessen und alles besprochen.«

»Wo war das?«

»Im Café Marmara«, sagte Sinem.

»Ich hatte wahnsinnige Angst«, sagte Ibrahim. »Ich habe versucht, Sinem zu überzeugen, dass es das Beste wäre, gemeinsam abzuhauen. Ich hab ihr sogar vorgeschlagen, sofort beim Büro der Varan-Busgesellschaft in Gümüşsuyu zwei Fahrkarten zu kaufen. Doch Sinem beharrte darauf, die Kassette zu holen.«

»Ich glaubte, wenn ich die Kassette in Händen hätte, käme ich da heraus«, sagte Sinem. »Aus der ganzen Sache …«

Ach, mein schönes Kind, sagte ich mir im Stillen. Wenn das so einfach wäre!

»Erzähl du weiter«, sagte Sinem zu Ibo. »Ich korrigiere dich, wenn du lügst.«

»Wir haben ziemlich lange geredet im Café Marmara«, nahm Ibrahim das Wort auf. »Dann sind wir wie zwei komplette Idioten ins Studio gegangen. Dort stand die Tür offen, aber das war ja meistens so. Auf unser Klopfen kam keine Antwort. Wir gingen rein, und als wir niemanden sahen, schauten wir uns gründlich um. Dann fanden wir ihn dort am Boden.«

»Und dann?«

»Ich wollte sofort abhauen«, sagte Ibrahim. »Doch Sinem wollte unbedingt die Kassette suchen. So suchten wir also und hatten eine Riesenangst, dass jemand dazukommen könnte. Wir haben aber nichts gefunden.«

»Du hast doch gar nicht richtig gesucht«, warf Sinem ein. »Du bist sowieso an allem schuld …«

»Verdammt noch mal«, sagte Ibrahim Sari. »Das ist doch nur eine Amateur-Pornokassette. Die würde der Kerl doch nicht in den Tresor legen. Wenn sie da gewesen wäre, hätten wir sie auch gefunden!«

Sinem schlug dem Jungen mit voller Kraft ins Gesicht.

Ich trennte die beiden. »Nun fangt nicht wieder von vorne an. Das reicht jetzt. Ihr könnt euch prügeln, wenn ich gegangen bin. Erzählt lieber weiter.«

Die Idee, dass ich fortgehen und sie allein lassen könnte, schien ihnen zu gefallen.

»Und dann …«, sagten beide wie aus einem Munde. Sinem fuhr alleine fort: »Dann sind wir hierher gekommen. Niemand weiß von dem Haus meiner Tante. Ich selbst komm ja auch nur alle Jubeljahre mal hier vorbei.«

Ich zeigte unter die Matratze: »Wo habt ihr die Waffe gefunden?«

»Sie lag vor den Füßen von Orhan.«

»Du Idiot«, sagte Sinem. »Ich habe dir doch gesagt, du sollst sie liegen lassen …«

# 17

Ich stand auf: »Nun gut. Es geht mich ja nichts an, wie ihr euch da herauswindet. Was ihr getan beziehungsweise nicht getan habt, will ich gar nicht wissen. Ich lass euch gleich allein. Gibt es in diesem Haus ein Telefon?«, fragte ich Sinem.

»Unten im Wohnzimmer.«

Wir stiegen gemeinsam die Wendeltreppe hinab. Das Wohnzimmer war wohl in den Fünfzigerjahren eingerichtet und dann nie mehr verändert worden. Auf dem Kaminsims standen Familienfotos in silbernen Rahmen. Die weißen Schutzbezüge auf den Sesseln machten klar, dass dieser Raum selten benutzt wurde. Auch die Fenster wurden wohl nicht allzu oft geöffnet, der abgestandenen Luft nach zu urteilen.

Ibrahim Sari ließ sich erschöpft auf einen der in ihren Schutzhüllen versteckten Sessel fallen. Das Telefon stand auf einem Beistelltischchen mit kunstvoll gedrechselten Beinen. Ich wählte die Nummer des Hotels in Kadiköy, die der Chef mir gegeben hatte. Es dauerte nur kurze Zeit, und ich hatte Yusuf Sari an der Strippe.

»Hier ist jemand, der mit dir sprechen möchte«, sagte ich und gab Ibrahim ein Zeichen, zu mir herüberzukommen. Der erhob sich und kam langsam und unwillig herübergeschlurft.

»Onkel«, sagte er ins Telefon. Dann hörte er zu. »Ja«, sagte er nach einer Weile. Und dann noch einmal: »Ja.« Nach dem dritten »Ja« gab er die Adresse des Hauses durch, in dem wir uns befanden, und gab mir den Hörer zurück.

»Gute Arbeit, mein Freund«, sagte Yusuf Sari. »Ich bin dir sehr dankbar, dass du den Jungen gefunden hast. Das Geld hast du dir ehrlich verdient, und der Bonus liegt auch parat.«

»Ist schon in Ordnung, Yusuf«, sagte ich. »Der Doktor hat seine Operation beendet, für die Rekonvaleszenz bist du verantwortlich.«

Dann fragte er: »Was meint der Chef dazu?«

»Mit ihm habe ich einen Deal gemacht. Er ist einverstanden.«

»Vielen Dank«, sagte Yusuf Sari noch einmal und legte auf.

Dann wandte ich mich an Ibrahim Sari. »Von Kadiköy bis hierher braucht er nicht lange. Ich gehe jetzt.«

Ibrahim Sari blickte vor sich auf den Boden. Sinem sah zu ihm hin.

»Ich will nur hoffen«, sagte ich, »dass ihr niemandem außer mir erzählen müsst, was ihr im Studio von Orhan Yilmaz zu suchen hattet. Dann hättet ihr nämlich ganz sicher ein Problem. Mir ist auch egal, ob eure Geschichte wahr ist oder nicht, doch andere könnten das anders sehen. Mein Auftrag ist beendet. Jetzt übernimmt dein Onkel das Weitere.«

Ibrahim Sari schaute immer noch zu Boden, mit einem Gesichtsausdruck, der besagte: Wenn der Kerl doch endlich abhauen würde … So leicht sollte ich ihn vielleicht doch nicht aus der Zange lassen. Schließlich hatte es mich einiges gekostet, ihn zu finden.

»Ibo«, sagte ich. »Du solltest aufhören, an der Uni krumme Dinger zu drehen. Der Chef hat mir zu verstehen gegeben, dass er dich erledigt, wenn noch mal so etwas vorkommt. Den Rest des Stoffes, den du versteckt hast, solltest du deinem Onkel geben, der weiß, was er damit zu tun hat. Also, Wiedersehen, ihr beiden!«

Ich trat aus dem Zimmer und wandte mich zur Haustüre. Ibrahim Sari stieg schwerfällig die Treppe hinauf. Ich stand jetzt allein mit Sinem im Flur. Die Türe zu dem Zimmer, in welchem das Tantchen vorher im Koran gelesen hatte, war geschlossen.

»War das alles?«, fragte Sinem, indem sie die Klinke der Haustüre in die Hand nahm.

»Was sollte sonst noch sein?«, fragte ich.

»Was weiß ich. Als ich Sie vorhin da vor der Küchentüre stehen sah, hatte ich das Gefühl, dass ziemlich schlimme Dinge auf uns zukamen.«

»Das wollen wir nicht hoffen«, sagte ich.

Sie öffnete die Tür.

Ich dachte mir, es schadet ja nichts, ich frag sie mal. »Sinem«, sagte ich also, mit einem Fuß noch im Flur, mit dem anderen schon draußen stehend, »versuch doch bitte mal, dich zu erinnern. An dem Tag, als Ibo es mit der Angst bekam und sich nach Ataköy absetzte, war da in der Uni irgendetwas Besonderes vorgefallen? War jemand von draußen gekommen, um mit Ibo zu sprechen? Oder sonst etwas Außergewöhnliches?«

Sinem stand da, eine Hand auf der Türklinke, die andere an der Stirn, und dachte nach. Dann sagte sie: »Nein, im Gegenteil. Ibo war bester Laune. Man hatte ihn in den Vorstand des Fotoclubs gewählt. Für den Nachmittag war die letzte Vorstandssitzung des Schuljahres angesetzt. Zu mir hatte er gesagt: ›Ich hab noch was zu tun, warte vor der Dunkelkammer auf mich.‹« Hier errötete sie zum ersten Mal, dafür aber gründlich.

»Wir haben uns öfters da getroffen«, erklärte sie. »Ich hab also vor der Tür gewartet, aber er ist nicht gekommen. Wie sich herausgestellt hat, hat er ja nicht mich, sondern Zuhal mitgenommen.«

Ich drückte ihr die Hand. »Danke bitte deiner Tante in meinem Namen für den Tee. Und pass gut auf dich auf.«

Sie sagte nichts und schloss die Tür hinter sich.

Ich machte das Gartentor hinter mir zu und sah zum zweiten Mal, wie sich der Vorhang hinter dem Fenster im zweiten Stock bewegte. Ich lief die menschenleere Straße entlang. Da ich mich etwas bewegen wollte, benutzte ich nicht den schmalen Durchgang zwischen den Häusern, sondern nahm die Hauptstraße.

Als ich mich meinem Auto näherte, beschlich mich das Gefühl, das da etwas nicht stimmte. Tatsächlich, an der Beifahrerseite gähnte anstelle des Wagenfensters ein Loch. Das Innere des Wagens war mit Glasbruch übersät, mein Autoradio war weg. Mein Mobiltelefon hatten sie jedoch nicht angetastet.

Zum Glück hatte ich keine Vollkasko; deswegen konnte ich es mir ersparen, bei der Polizei vorbeizugehen, um ein Protokoll aufsetzen zu lassen. Und die Reparatur bei meiner Service-Garage konnte ruhig bis morgen warten. Ich tröstete mich damit, dass es nicht Winter war, und lenkte mein verwundetes Fahrzeug nach Hause. Dort parkte ich es mit der rechten Seite hart an einer hohen Mauer.

Als ich meine Wohnung betrat, fühlte ich mich wie von einer langen Reise zurückgekehrt. Das Schlimmste am Alleinleben ist für mich die immer gleiche Feststellung: Bei der Rückkehr findet sich alles unverrückt am gleichen Platz. Die ganze Woche über stehen die Sachen in starrer Denkmalspose, bis die Putzfrau kommt und alles ein bisschen hin und her schiebt. Und so steht es dann wieder eine Woche lang.

Ein Blick auf meinen PC, den ich nicht abgestellt hatte, zeigte mir, dass die Cessna abflugbereit auf dem Flugplatz Meigs Field wartete. Nicht einmal eine Stromunterbrechung hatte es gegeben während meiner Abwesenheit! Auch mein Telefonbeantworter hatte seine Pflicht getan und zwei neue Nachrichten aufgezeichnet. Die erste bestand allerdings lediglich aus mehreren »düt, düt, düt«, während mir auf der zweiten eine Frauenstimme mitteilte, dass sie Arbeit für mich hätte, wenn ich zurückrufen würde. Nur hatte die Gute vor Aufregung vergessen, mir ihre Telefonnummer zu hinterlassen. Nun gut, wenigstens zeigte die kleine Anzeige nach wie vor Wirkung. Dann wurde mir bewusst, dass ich die gute Frau ohnehin nicht angerufen hätte. Was war mit mir los? Hatte ich einen Minderwertigkeitskomplex?

Ich setzte mich vor die Cessna. Ganz langsam und genussvoll startete ich meinen Flieger. Für einen perfekten Start brauchte man kaum etwas zu tun. Wenn man die einmotorige Maschine auf siebzig Knoten beschleunigt, hebt sie sich fast von selbst in die Lüfte. Als ich viertausend Fuß Höhe erreicht hatte, steuerte ich auf den Michigan-See zu. Ich hatte keine Lust, über der Stadt zwischen den Wolkenkratzern herumzukurven. So glitt ich über das unbewegte Wasser des Sees auf das gegenüberliegende Ufer zu. Dem eintönigen Motorengeräusch lauschend, flog ich aufmerksam, stets gewärtig, dass irgendetwas passieren konnte. Doch wie immer passierte überhaupt nichts. Dann stieg ich in die Höhe, in einem Winkel, der meinen Passagieren keine Angst gemacht hätte. Bei fünftausend Fuß Höhe stieß ich an die Wolkendecke. Ich drang in sie ein. Dann flog ich minutenlang durch einen schneeweißen Wolkenbildschirm. Das langweilte mich aber bald, so ging ich auf viertausend Fuß herunter. Unter mir hatte ich jetzt wieder den tiefblauen Fleck des Sees. Ich drehte mein Flugzeug langsam um hundertachtzig Grad, mit vorsichtigem Blick auf den Wendezeiger. Ich kontrollierte noch einmal meine Flugroute. Dann tauchten die zitternden Umrisse der Wolkenkratzer von Chicago auf.

Um den Flugplatz Meigs Field nicht zu verfehlen, flog ich ihn in großen Kreisen an. Es würde kein weiteres Flugzeug auftauchen, das meine Flugbahn kreuzen könnte. Ich kümmerte mich also nicht um die Landeanweisungen des Towers, sondern setzte, meinem Gefühl folgend, zu einer blinden Landung an.

Und wieder eine Bruchlandung.

Doch ich wollte es genau wissen und blieb vor dem Bildschirm sitzen. Diesmal hatte ich nicht einmal die Ausrede des läutenden Telefons, das meine Aufmerksamkeit beeinträchtigte. Ich startete noch einmal durch; die Landung ging wieder daneben.

Als ich genug hatte von diversen weiteren Bruchlandungen, überließ ich meine Cessna bei viertausendfünfhundert Fuß Höhe und auf der Route New York (ich hatte gehofft, sie eines Tages ohne Zwischenlandung fliegen zu können) dem automatischen Piloten und stellte den Fernseher an.

Mein Lieblingsmoderator, dessen Schläfen auch zusehends grauer wurden, las eben die Nachrichten des Tages.

Gerade sagte ich mir: Es wird Zeit, dass ich ins Bad gehe, da sah ich Yusuf Sari aus der Türe des Hauses in Levent herauskommen. Er verdeckte sein Gesicht mit einer Hand, und die ihn begleitenden Polizisten schoben ihn in einen wartenden Kleinbus. Blitzschnell stellte ich den Fernseher lauter, während ich zusah, wie auch Sinem und Ibrahim Sari in den Polizeiwagen verfrachtet wurden.

»Bei der aufgrund einer Anzeige durchgeführten Operation«, begann die Stimme des Nachrichtensprechers, »wurde der Kaufmann Yusuf Sari, der aus einer unserer Ostprovinzen Rauschgift nach Istanbul geschleust hat, festgenommen. Zwei in seiner Begleitung befindliche Studenten wurden ebenfalls festgenommen.«

Aufgrund einer Anzeige … Der Chef war das sicher nicht gewesen. »Bei der Hausdurchsuchung wurden zehn Gramm Heroin und eine Waffe sichergestellt. Die Polizei teilt mit, dass es sich bei dem heute festgenommenen Yusuf Sari um einen Geschäftspartner des gestern ermordet aufgefundenen Orhan Yilmaz handelt.«

Mehr nicht. Die Bosporus-Universität war mit keinem einzigen Wort erwähnt worden. Und jetzt erschienen auf dem Schirm schon Bilder von einem Verkehrsunfall auf der Autostraße von Kayseri nach Kirsehir.

Ich stand erstarrt da, die Fernbedienung in der Hand.

Aufgrund einer Anzeige … Außer Zuhal und mir wusste niemand von dem Haus in Levent. Warum hätte Zuhal dies tun sollen? Wer sagte hier die Wahrheit, wer log, und wer sagte überhaupt nichts?

Gottlob hatte Ibo seinen Stoff nicht in das Haus der Tante geschleppt. Vielleicht konnten sie sich da ja noch herauswinden. Es würde sicher nicht leicht sein, aber vielleicht schafften sie es.

Dann fiel mein Blick auf die Kassette, die im Videorecorder unter dem Fernseher steckte. Wie war das noch gewesen? Zuerst hatte ich die Zeitung gelesen und dann die Fernsehsendung aufgenommen. Das Band hatte ich danach nicht mehr angeschaut.

Die Kassette war bis zum Ende des Bandes weitergelaufen und hatte sich von dort automatisch wieder an den Anfang zurückgespult. Ich ließ das Band vorwärts laufen. Im Eiltempo sah ich, wie sich gerade jemand von der Brücke stürzen wollte, dann eine auf der Straße vorgeführte Modenschau durchsichtiger Kleider und einen Familienkrach im Korridor eines Gerichtsgebäudes. Während ein Mann mit langer Mähne sich mit dem Moderator unterhielt, erschien ein laufendes Band mit der Nachricht: *Die nackte Leiche in Siraselviler gleich anschließend.* Ich begann, die Kassette im Normaltempo anzuschauen. Doch der langhaarige berühmte Musikproduzent ließ sich lang und breit darüber aus, dass sich der ebenso berühmte Sänger, der sich vor einiger Zeit von seiner Firma getrennt habe, bei vier Liedern seiner letzten Kassette bei israelischen Komponisten bedient hätte.

Doch dann folgte mein Fall. Der Text war nichts als aufgebauschtes Geschwätz. Zunächst sah ich noch einmal die Leiche auf der Bahre herunterkommen. Dann rannten Polizisten mit Handys im Treppenhaus auf und ab. Eine wackelnde Kamera zeigte das Firmenschild der Yilmaz Productions an der Haustür, arbeitete sich mühsam durch die im Flur durcheinander laufenden Polizisten vor. Vor dem schallisolierten Zimmer blieb sie stehen und zeigte erst einmal die auf der Türe prangenden Worte *Aufnahme! Eintritt verboten.* Dann erfasste sie ausführlich die Blutlachen am Boden, das umgestürzte Mikrofon und die leeren Bierflaschen.

Ich spulte wieder zum Anfang der Sequenz zurück und sah mir das Ganze noch einmal an. Ich konnte nichts Neues entdecken und war doch sicher, hier einen deutlichen Hinweis zur Erhellung der Situation finden zu können. Ich wusste nicht genau, was ich suchte – da war es wieder, dieses unbestimmte Gefühl meiner Inkompetenz. Ich hoffte auf eine plötzliche Klärung im letzten Moment. Das gibt's nur in Romanen, sagte ich mir und stellte den Fernseher ab.

Erst als ich die Videokassette aus dem Recorder nahm, ging in meinem Kopf ein strahlend helles Licht auf.

Es war bereits kurz vor neun. Ohne Bad und Rasur und ohne mich umzukleiden, verließ ich meine Wohnung.

# 18

An meinem eigenen Auto, das mit seinem offenen Fenster dicht an der Hauswand klebte, ging ich zügig vorüber. Auf der Hauptstraße winkte ich ein Taxi herbei. Yusuf, Ibo und Sinem saßen jetzt in der Rauschgiftabteilung der Polizei. Wenn ich noch länger zu Hause herumgetrödelt hätte, wäre ich mit ziemlicher Sicherheit auch dort gelandet. Und befände mich in der unangenehmen Lage, als Mitglied eines neuen, gesetzlich gerade erst zugelassenen, misstrauisch beäugten, überdies in seinen Grenzen völlig undefinierten Berufszweiges auf allerlei Fragen antworten zu müssen.

Die Nisbetiye-Straße war wieder einmal hoffnungslos verstopft. Langsamer als im Schritttempo bewegten wir uns durch die gleißenden Lichter der Straßenbeleuchtung, der Scheinwerfer und der blinkenden Reklameschilder der aneinander gereihten Banken, Restaurants und Geschäfte. Zu beiden Seiten der Straße standen mit Abschleppkranen verstärkte Polizeiwagen, die mit ihren rot-blau blitzenden Lichtern allen drohten, die leichtsinnig genug waren, auch nur zu erwägen, ihre Fahrzeuge am Straßenrand abzustellen.

Endlich hatten wir Etiler hinter uns gebracht. Ich lehnte mich zurück mit dem wohligen Gefühl eines Kapitäns, der seinen Flieger dem Kopiloten überlassen kann. Als das Taxi einen schnelleren Gang einlegte, nahm ich eine Zigarette aus meinem Paket. Der Fahrer, dem das nicht entgangen war, sagte: »Entschuldige bitte, Abi, aber ich wär dir dankbar, wenn du die nicht ansteckst.«

Ich schob die Zigarette ins Paket zurück. Bald darauf kam die Erklärung. Die kam übrigens immer. »Der Arzt hat mir das Rauchen verboten«, sagte er. Und dann, mehr zu sich selbst: »In meinem Alter!«

Ich gab keine Antwort. Stattdessen richtete ich meinen Oberkörper auf und begann, tief und regelmäßig einzuatmen. Ich ließ die Luft durch die Nase in die Mundhöhle, dann weiter in meine Lungen und von dort so weit nach unten strömen, wie es das Zwerchfell eines im Taxi Sitzenden eben zulässt. Ebenso bewusst atmete ich, in umgekehrter Reihenfolge natürlich, aus.

Nach fünfmaliger Wiederholung dieser Übung drehte sich alles in meinem Kopf wie nach der ersten Morgenzigarette. »Das Wesen des Aikido ist das Nachgeben«, das hatte ich vor langer Zeit irgendwo aufgeschnappt.

Als wir nach Hisarüstü einbogen, verließen wir plötzlich die funkelnde Lichterbahn. Wir schlängelten uns jetzt durch enge, dunkle Straßen nach Hisar hinab und befanden uns bald vor dem Lokal der Ehemaligen der Bosporus-Universität. Auf einem winzigen Parkplatz stand dicht gedrängt eine unglaubliche Menge Autos. Dahinter war einer der Türme der Burg Rumelihisar zu sehen.

Als ich eintrat, stellte sich mir ein zierliches junges Mädchen in den Weg und sagte: »Guten Abend. Dürfte ich bitte Ihre Mitgliedskarte sehen.«

»Besitze ich nicht«, antwortete ich. »Ich komme als Gast des Dekans Kurtar Bey.«

»Ich bitte um Entschuldigung«, sagte die Kleine. »Bitte, Kurtar Bey ist dort hinten.

Ich ging hinüber zu den neben dem nierenförmigen Schwimmbecken aufgestellten Tischen. Kurtar Toprak saß im hinteren schattigeren Teil der Anlage, weswegen er mich eher sah als ich ihn. Er erhob sich leicht von seinem Stuhl und winkte mich heran. Er trug ein gemustertes Hemd ohne Krawatte. Ich nahm ihm gegenüber Platz und steckte mir die Zigarette an, die der Taxifahrer mir verwehrt hatte.

»Herzlich willkommen«, sagte Kurtar Toprak. »Geht es voran?«

»Ich denke schon«, sagte ich. »Ich habe Ibo gefunden.«

Er sah mich an, als könne er es gar nicht fassen, dass ich den Fall so schnell gelöst hatte. Er öffnete auch den Mund, doch ich ließ ihn nicht zu Wort kommen und fuhr fort: »Und nach mir hat ihn auch die Polizei gefunden.« Nun sperrte er den Mund noch größer auf.

»Das Rauschgiftdezernat«, erklärte ich. »Es hat eine Anzeige gegeben. Sie haben Ibo, Sinem und Yusuf Sari festgenommen.«

Mit kaum merkbar zitternden Händen entnahm er seinem eigenen Päckchen eine Zigarette und zündete sie an.

Der Ober baute sich vor uns auf. Meine Bestellung fiel so groß aus wie mein Hunger. Kurtar Toprak bestellte für sich genau das Gleiche, nur dass er eine Flasche Wein hinzufügte, während ich bei Mineralwasser blieb.

Kurtar Toprak schien sich inzwischen ein wenig gesammelt zu haben. »Ich müsste lügen, um zu sagen, dass es mir Leid tut um die jungen Leute«, sagte er. »Der Wasserkrug zerbricht auf dem Weg zum Brunnen.«

»Wie wahr«, sagte ich. »In die Bosporus-Uni wird vorläufig jedenfalls kein Wasser mehr getragen.«

Da sah ich Zuhal am Beckenrand stehen und nach mir Ausschau halten. »Nimm's mir nicht übel«, wandte ich mich an Kurtar Toprak, »aber ich habe noch jemanden zum Essen eingeladen.«

Ich ging auf Zuhal zu. Jetzt sah auch sie mich. Sie trug einen kniebedeckenden Rock und eine langärmelige, weiße Bluse. Als einzigen Schmuck hatte sie ein Tuch um den Hals geschlungen. Ich nahm sie leicht am Arm und führte sie zu unserem Tisch.

Ich hatte die Landebahn erspäht. Die Geschwindigkeit drosselte ich auf hundertvierzig Knoten, während ich auf eine Flughöhe von fünftausend Fuß herunterging. Die Landeklappen waren bereits zu einem Viertel geöffnet.

»Sie kennen sich sicher«, sagte ich.

»Guten Abend, Kurtar Bey«, sagte Zuhal und streckte ihm ihre Hand hin.

»Guten Abend, Zuhal«, sagte Kurtar Toprak.

»Dies ist ein Unglücksabend«, sagte ich. »Ich war eben dabei, Kurtar Bey zu erzählen, was mit Ibo und den anderen passiert ist.«

»Was ist mit Ibo passiert?«, fragte Zuhal, wobei sie ihre Serviette auf den Knien ausbreitete.

»Die Polizei hat ihn festgenommen«, sagte Kurtar Toprak.

»Auch Sinem und Yusuf Sari«, fügte ich hinzu.

Zuhal schaute eine Zeit lang stumm vor sich hin. Ich hatte den Eindruck, dass sie schwieg, weil sich nicht wusste, wie offen sie vor Kurtar Toprak sprechen konnte.

Ich setzte meinen Sinkflug mit konstanter Motorleistung und stabiler Längsneigung fort.

»Kurtar Bey weiß Bescheid über Ibo und seine Geschäfte an der Uni«, sagte ich. »Du kannst ruhig vor ihm sprechen.«

Der Ober stand schon wieder vor uns. Zuhal bestellte das Gleiche wie wir. Kurtar Toprak lud sie ein, von seinem Wein mitzutrinken.

»Außerdem«, sagte ich, »hat man bei ihnen die Waffe gefunden, mit der Orhan Yilmaz umgebracht wurde. Orhans eigener Revolver übrigens.«

»Wer ist Orhan Yilmaz?«, fragte Kurtar. »Und wer hat ihn umgebracht? Mein Gott, was soll das denn jetzt schon wieder?«

»Das erzähl ich dir später«, sagte ich.

Ich ging jetzt auf 3000 Fuß herunter, korrigierte meine Flugrichtung und drosselte die Geschwindigkeit geringfügig.

»Haben sie jetzt auch noch einen Mord am Hals?«, fragte Zuhal. »Ich sagte Ihnen ja schon, die kommen da nicht so leicht raus.«

»Vielleicht nicht so leicht, aber sie können es schaffen«, sagte ich. »Sie können ja für einander zeugen. Als sie dort eintrafen, um die Kassette zu holen, war der Mann längst tot.«

»Wer wird denen denn glauben?«, fragte Zuhal.

»Du solltest die Polizei nicht unterschätzen«, sagte ich. »Wenn die wollen, können sie sehr genau unterscheiden, wer lügt und wer die Wahrheit sagt. Und dann gibt's ja auch noch die Fingerabdrücke ...«

Der Ober kam mit unserem Essen. Wir lehnten uns alle drei leicht zurück, um ihm das Servieren zu erleichtern. Diese Pause war uns allen dreien willkommen.

»Glaubst du etwa, die Polizei hätte es versäumt, die Fingerabdrücke auf dem Telefon im Aufnahmestudio zu sichern?«, fragte ich Zuhal, nachdem der Ober gegangen war.

Der Flughafen von Meigs Field liegt fünfhundertdreiundneunzig Fuß über dem Meeresspiegel. Deswegen nahm ich nach und nach die Motorleistung zurück, bis ich auf tausendsechshundert Fuß war.

Zuhal hob den Kopf und sah mir direkt in die Augen. Ich erwiderte diesen Blick und fragte mich, wie dieses Gespräch sich wohl weiterentwickeln würde, säßen wir beide allein hier am Tisch. Kurtar Toprak schaute verwirrt abwechselnd zu mir und zu Zuhal; offensichtlich hatte er den Überblick verloren. Dann wandte Zuhal sich wieder ihrer Mahlzeit zu, als ob meine Worte weniger wahr würden, wenn sie diesen einfach keine Beachtung schenkte. Auch ich aß jetzt weiter.

»Die Menschen«, sagte ich nach einer Weile, »tun manchmal zu den unmöglichsten Zeiten die unmöglichsten Dinge. Wie zum Beispiel ein läutendes Telefon vorschnell abzunehmen. Wenn sie dann zur Besinnung kommen, ist es oft zu spät.«

»Wie will man wissen, wer den Hörer abgenommen hat?«, fragte Zuhal.

Der leichte Seitenwind beunruhigte mich nicht. Leichtes

Gegensteuer reichte aus, um das Flugzeug wieder in seine Bahn zu bringen.

»Als ich im Studio von Orhan Yilmaz anrief, um zu erfahren, ob er da sei, habe ich, als abgenommen wurde, meinen Namen genannt. Sogar zweimal. Doch niemand meldete sich. Als ich dich dann zum ersten Mal in Ataköy anrief, hast du am Telefon sofort meine Stimme erkannt. Du hast ein gutes Gedächtnis für Stimmen. Du hast sogar die Worte wiederholt, mit denen ich mich vorgestellt hatte.«

»Wäre es nicht möglich, dass auch ich erst später dort aufgekreuzt bin?«, fragte sie mit leicht zitternder Stimme.

»Das kann ich nicht beurteilen«, sagte ich. »Das müssen andere entscheiden. Ich weiß lediglich, dass du, als Ibo nach Sinems Anruf in größter Panik aus dem Haus stürzte, gleich nach ihm fortgegangen bist. Du hast dich in ein Taxi geschmissen und bist zu dem Studio geeilt. Du hattest Glück; an jenem Tag und zu jener Stunde war in deiner Fahrtrichtung kaum Verkehr.«

Während Zuhal sich mit Messer und Gabel an ihrem Essen zu schaffen machte, begann ein Kiefermuskel in ihrem Gesicht schnell und unkontrolliert zu zittern. Und ich sah, wie sie über ihrem Halstuch schluckte.

Für das Aufsetzen meines Fliegers wählte ich einen Punkt, der nur wenig hinter dem Anfang der Landebahn lag. Dann ging ich auf siebzig Knoten Geschwindigkeit herunter.

»Der Kerl ist dir natürlich an die Wäsche gegangen. Es gab zwar kein Bett im Studio, aber der Teppich im Aufnahmeraum ist ja schön dick und weich. Die Bierflaschen am Boden sprechen wohl auch für diese Version. Vielleicht hast du ihm ja nur nachgegeben, um ihn abzulenken, vielleicht hast du dich aber auch gewehrt und ihn wütend gemacht, und es gab Streit. Alles ist möglich.«

Kurtar Toprak hatte sein Essen nicht angerührt. Wie versteinert saß er da.

»Vielleicht hast du dich freiwillig ausgezogen, vielleicht aber auch, weil er dir Angst machte. Wie weit du gegangen bist, kann ich nicht wissen. Auf jeden Fall hattest du den Kerl bald so weit, dass er sogar seine Unterhose ablegte. Den Revolver hatte er wohl hervorgeholt, um dir Eindruck zu machen.«

Dieses Mal nahm ich eine Gabel voll von meinem Teller. Zuhals Blick wurde trüb.

»Du nimmst also die Kassette an dich und machst dich davon. Du wusstest, dass es zwei davon gab. Sinem wusste das nicht. Deswegen warst du mir gegenüber auch recht kooperationsbereit. Als ich dann ganz nach deinem Wunsch die zweite Kassette fand und dir gab, warst du aus dem Schneider. Du konntest beruhigt sein. Und wenn nötig, konntest du sogar sie einsetzen, um Sinem zum Schweigen zu bringen.«

Ich kontrollierte noch einmal, ob ich die Räder wirklich ausgefahren hatte, und öffnete die Landeklappen bis zum Anschlag.

»Wenn du bei der Gerichtsverhandlung angibst, dass du in einem Anfall von Empörung abgedrückt hast, wird man dir Glauben schenken«, sagte ich. »Ich selbst glaube auch nicht, dass das ein vorsätzlicher Mord war. Wer so etwas plant, wird doch dem Kerl nicht genau auf sein Dingsda zielen.«

Dann geschah etwas, mit dem ich kaum hatte rechnen können. Zuhal beugte sich urplötzlich nach vorn und übergab sich mitten auf den Tisch. Ohne Vorwarnung, ohne Würgen, wirklich ohne das kleinste Zeichen, mit einem einzigen gezielten Schwall. Danach saß sie da, zusammengekrümmt, eine Hand auf dem Magen. Es war zwar nicht allzu viel herausgekommen, doch sofort verbreitete sich ein scharfer Geruch. Zuhal erhob sich ruckartig. Auf ihrem Gesicht lag ein sonderbarer Ausdruck, der einen rätseln ließ, ob ihr nach Weinen oder Lachen zumute war. Einen Augenblick später nahm die Wut überhand.

»Das ist doch alles erfunden«, zischte sie und wischte sich

mit der Serviette Reste von Erbrochenem aus den Mundwinkeln. »Und du, du alter Blödmann, sag mal, wie willst du das rausgekriegt haben.« Dabei stampfte sie mit dem Fuß auf den Boden.

Ich rückte meinen Stuhl ein wenig von dem stinkenden Tisch ab. »Ich habe ein gutes Gedächtnis. Als ich im *Carousel* versuchte, dich zum Sprechen zu bringen, da habe ich, um dir den Ernst der Lage klarzumachen, auch erwähnt, dass jemand umgebracht worden sei. Ich habe aber keinen Namen genannt. Du tatest verwundert und sagtest, du hättest an dem Morgen noch keine Zeitung gelesen. Und gehört hättest du auch nichts. Doch etwas später begannst du einen Satz mit den Worten: ›Nachdem der Dreckskerl Orhan Yilmaz ja ins Gras gebissen hat …‹«

Ich sah jetzt die Landebahn unter mir, nahm noch etwas Gas weg und zog die Nase meines Fliegers ganz leicht nach oben. Meine Geschwindigkeit fiel rasant auf unter fünfzig Fuß.

»Du verdammter Mistkerl«, schrie Zuhal und schleuderte mir die Serviette, mit der sie sich gerade die Mundwinkel ausgeputzt hatte, ins Gesicht. Dann drehte sie sich um und rannte aus dem Lokal. Ich sah ihr nicht nach, wohl aber Kurtar Toprak, mit offen stehendem Mund. Fort war sie.

Gelandet!

Der Ober kam aufgeregt angerannt und räumte in großer Eile unseren Tisch ab. Tuschelnd wandten die Gäste an den Nebentischen sich wieder ihren eigenen Angelegenheiten zu.

Wir setzten uns an einen frisch gedeckten Tisch. Da mein Zigarettenpäckchen zusammen mit Zuhals Mageninhalt abgeräumt worden war, bediente ich mich aus der Marlboro-Light-Packung von Kurtar Toprak.

Der war immer noch ganz verdattert und brachte nur mühsam hervor: »Stimmt das wirklich alles?«

»Das weiß ich nicht«, sagte ich. »Aber ich glaube es.«

Der Ober wollte unsere neue Bestellung aufnehmen. Wir begnügten uns jedoch mit Kaffee.

Allmählich gewann Kurtar Toprak die Fassung wieder. Er sagte lachend: »Du bist wirklich ein komischer Detektiv. Du findest die Mörderin, sie gibt alles zu, und dann lässt du sie laufen.«

»Sie hat keine Chance. Schon nach den ersten Fragen der Polizei wird sie zusammenbrechen. Außerdem hat sie sicher irgendwo irgendwelche Indizien hinterlassen, von denen ich gar nichts weiß. Vielleicht stellt sie sich morgen selbst. Vielleicht rufe ich auch vorher noch irgendwo an. Wer weiß ...?«

»Machst du das immer so?«, fragte Kurtar Toprak.

»Wie meinst du das?«

»Du tust so, als ob der Ausgang einer Sache dich überhaupt nichts angeht«, sagte er. »Du führst das Ergebnis zwar höchstpersönlich herbei, doch dann verlierst du jegliches Interesse daran.«

»Da hast du Recht«, sagte ich. »Es gefällt mir ganz und gar nicht, eine Sache ins Rollen zu bringen. Das Letzte, was ich beabsichtige, ist, in das Leben der Menschen einzugreifen. Aber ich kann es nicht immer verhindern, es geschieht einfach.« Ich nahm einen kräftigen Schluck von meinem Kaffee und fügte hinzu: »Auf jeden Fall lege ich keinen doppelten Maßstab an. Wenn es um dich geht, werde ich mich genauso verhalten.«

Seine Hand, die gerade den Zucker in seiner Tasse umrührte, erstarrte. Er sah mich fragend an.

»Du hast der Polizei den Hinweis auf das Haus in Levent gegeben«, sagte ich. »Du hast für die Festnahme der drei gesorgt.«

Sein Mund was das Einzige, was sich in seinem Gesicht bewegte.

»Was sagst du da?«, fragte er.

»Erst hast du Ibo Angst gemacht, dann bekamst du selbst Angst. Wahrscheinlich wärst du so richtig erleichtert, wenn der Junge bei der Razzia hopsgegangen wäre.«

»Wie bitte?«, rief er aus.

»Ich weiß genau, was ich sage«, antwortete ich. »Erst hast du dir Ibo vorgeknöpft. Denn du hattest, wie du ja selbst sagtest, als Erster Wind bekommen von der Sache. Doch statt einen Riegel vorzuschieben, hast du dieses Mal entschieden, dich an dem Geschäft zu beteiligen. Dazu hast du Ibo erst einmal eingeschüchtert und ihm klargemacht, dass er ohne Unterstützung von innerhalb der Uni sofort geschnappt würde. Vielleicht hast du ihm ja auch irgendwie gedroht. Ich denke, dass dies während der Jahresversammlung des Fotoclubs geschah.«

Über den Tisch hinweg konnte ich feststellen, dass sich seine Brillengläser beschlugen.

»Der Junge hat dann wirklich Schiss gekriegt und hat sich nach Ataköy abgesetzt. Und als ich auf der Bildfläche erschien und dir von Ibo und seinen Geschäften erzählte, da wurde es auch für dich brenzlig. Du wolltest dich aus der Sache herauswinden, indem du Ibo denunziertest.«

Er nahm seine Brille ab und begann, sie mit dem Tischtuch zu putzen. Ohne die Gläser nahm sein Gesicht einen recht dümmlichen Ausdruck an.

»Du kanntest ja Zuhal und Sinem. Als ich von deinem Büro aus anrief, standest du direkt neben mir. Du konntest, als dir klar war, dass ich mit Zuhal sprach, mit Leichtigkeit ihre Nummer herausfinden, indem du auf die Wahlscheibe schautest und außerdem auf deren Ton beim Zurückdrehen Acht gabst.«

Er setzte jetzt die Brille wieder auf, doch es half nichts, Kurtar Toprak war nicht mehr der Alte.

»Nachdem ich gegangen war, riefst du bei Zuhal an. Du hast ihr entweder gedroht oder sie überredet, auf jeden Fall hat sie dir die Adresse des Hauses in Levent verraten.«

Ich verschränkte meine Hände auf dem Tisch, als wollte ich sagen: Das war's. Ich wartete auf eine Erklärung. Doch er sagte nichts. Hätte er mich gefragt, so wäre ich vielleicht bereit gewesen, ihm zu gestehen, dass mir das alles erst aufgegangen war, als auf der Videokassette mit den Nachrichten der Musikproduzent, der die Schlager wahrscheinlich gemeinsam mit seinem Sänger geklaut hatte, seine Denunziation vorbrachte. Kurtar Bey fragte mich aber gar nicht.

»Im Grunde ist das alles gar nicht so wichtig, was ich hier erzähle«, sagte ich dann. »Ibo wird während des Verhörs sowieso deinen Namen nennen. Morgen ist die Polizei wahrscheinlich schon in deinem Büro.«

Endlich machte er den Mund auf. »Was meinst du, wem die glauben, mir oder ihm?«

»Natürlich dir«, erwiderte ich. »Doch wenn dein Name erst in den Klatschspalten erscheint, ist es mit deinem Job an der Uni vorbei. Kann schon sein, dass du das Verhör heil überstehst, wenn du dich zusammennimmst, doch dein dir so ans Herz gewachsener Dekansposten ist wohl futsch. Und du wirst dir eine neue Arbeit suchen müssen an einem Ort, wo man sich nicht für das Gerede um deine Person interessiert.«

Ich erhob mich, ohne seine Antwort abzuwarten. Das alles ging mich wirklich nichts mehr an.

»Jetzt hast du den Tisch für dich allein«, sagte ich. »Du musst nur noch entscheiden, welcher Clubkasse du die Rechnung belasten willst. Denk dran, du machst das zum letzten Mal.«

Bevor ich mich umdrehte und das Lokal verließ, nahm ich noch sein Päckchen Zigaretten an mich.

Ich hatte ja kein Auto, also musste ich das Sträßchen neben der Burg bis nach Bebek hinunterlaufen. Ein bisschen Bewegung konnte nicht schaden.

# Oker über Oker, Remzi Ünal und den Kriminalroman in der Türkei.

Zum Kriminalroman bin ich gekommen, weil ich die leichten Seiten des Lebens besonders liebe, weil die so genannte E-Literatur sich irgendwann schmollend von mir abgewandt hat, weil ich mit Begeisterung Jazz höre und an B-Movies meine besondere Freude habe.

Ich hatte während meiner gesamten beruflichen Laufbahn – als Journalist, Übersetzer und schließlich als Werbetexter – immer mit Sprache zu tun, doch mit meinem ersten Roman habe ich mir Zeit gelassen. Obwohl die Idee zu einer echten Detektivgeschichte schon länger in meinem Kopf herumspukte und auch die Figur des Remzi Ünal allmählich Form annahm, habe ich mir die Niederschrift eigentlich mehr als Zeitvertreib während des angestrebten frühen Ruhestands vorgestellt. Doch dann sind zwei Faktoren zusammengefallen, die mich veranlasst haben, die Arbeit früher in Angriff zu nehmen. Zum einen eine gewisse Ermüdung bei meiner Arbeit in der seit dreizehn Jahren zusammen mit Kollegen geführten Werbeagentur, zum andern der Wettbewerb, der vom Café *Kaktus* 1999 zum ersten Mal ausgeschrieben wurde. Als ich die Ankündigung sah, dachte ich: Dies ist ein Wink des Schicksals. Ich nahm Urlaub und begann zu schreiben.

Jetzt, nachdem ich den Preis erhalten und meine Anteile an der Werbeagentur veräußert habe, fühle ich mich wie jemand, der sich einen Jugendtraum erfüllt hat. Auf jeden Fall möchte ich weiter schreiben – auch wenn ich vorläufig noch unterrichte, um mich und meine Familie über Wasser zu halten. Der zweite Remzi-Ünal-Roman liegt bereits vor, der dritte wird demnächst erscheinen.

Meine Beziehung zum Krimi – ich meine damit die echte »Detective-Story« im Gegensatz zu den später im Kalten Krieg entstandenen Agenten- und Spionageromanen – geht auf meine frühe Kindheit zurück. Mike Hammer und Konsorten habe ich reihenweise verschlungen. Während der Studienzeit war Agatha Christie eine wichtige Autorin für mich. Mit »Çaglayan Yayinlari« hatte in den Sechzigerjahren die Türkei einen Verlag, der ausschließlich Kriminalromane verlegte. Und wenn die Nachfrage beispielsweise nach Mike-Hammer-Abenteuern nicht durch Übersetzungen zu befriedigen war, ergänzte man die Serie durch namhafte türkische Autoren. Die so entstandenen Originalausgaben waren von den »echten« kaum zu unterscheiden!

Doch Remzi Ünal ist nicht der erste türkische Privatdetektiv, er hat einen berühmten Vorgänger: Murat Davman, den Helden der Romane von Ümit Deniz. Ihm habe ich mit einigen Anspielungen zu Beginn von *Schnee am Bosporus* meinen Respekt gezollt.

Ich möchte hier ausdrücklich die Vorliebe des letzten Kalifen Sultan Abdülhamid für diese Literaturgattung hervorheben. Seine Bibliothek soll tausende von Originalen und eigens für ihn übersetzte Werke enthalten haben. Es wird sogar behauptet, dass er überhaupt nichts anderes las! Ich teile übrigens die Meinung vieler Autoren und Fachleute, dass keine andere Literaturgattung in der Lage ist, die Welt von heute in ihren vielen verschiedenen Realitäten so gut und packend zu schildern wie der Kriminalroman.

Mit Remzi Ünal wollte ich ganz bewusst eine eher unauffällige Gegenfigur zu den unbesiegbaren, damenverschleißenden Bond-ähnlichen Typen der Agentenliteratur schaffen. Als ehemaligem Piloten konnte ich ihm Scharfsinn, Welterfahrung, Risikobereitschaft und Entschlusskraft zueignen und ihm außerdem zwei meiner eigenen Hobbies unterschieben: Aikido und das Spielen mit dem Flugsimulator. Ein dunkler Punkt in seiner Vergangenheit wird angedeutet: Ein Alkoholproblem hat ihn seine Pilotenkarriere gekostet. Doch das ist inzwischen überwunden, Remzi Ünal hält sich an Mineralwasser und Cola!

Mein Protagonist zeichnet sich dadurch aus, dass er auf keinen Fall in irgendeiner Weise die Justiz oder auch nur die Sicherheitskräfte ersetzen will. Stattdessen verteilt er gute Ratschläge, ob die nun gern gehört werden oder nicht. Das trifft sich gut, denn meine Bekanntschaft mit den Ordnungshütern beschränkt sich auf gelegentliche Verkehrsdelikte, ansonsten weiß ich nicht, wie diese Organisation funktioniert. Absolute Genauigkeit und Wahrhaftigkeit sind gerade beim Krimi unabdingbar. Darum habe ich die Polizei und ihre Organe nur am Rande erwähnt.

Dafür hat sich als Hauptschauplatz die Bosporus-Universität von Istanbul dadurch ergeben, dass ich natürlich keine andere türkische Universität so gut kenne wie die meiner eigenen Studienjahre.

Immer wieder werde ich gefragt, warum mein Detektiv so ungewöhnlich viel Abstand zum weiblichen Geschlecht hält, auch wenn er offensichtlich weibliche Reize durchaus zu schätzen weiß. Eine eindeutige Antwort kann ich nicht geben. Ich möchte jede Art von Sentimentalität vermeiden, vielleicht lasse ich meinen Detektiv deshalb als Einzelgänger auftreten. Natürlich wollte ich im ersten Roman auch nicht mein ganzes Pulver verschießen! Wie in allen guten Krimis soll der Leser die Hauptfigur erst nach und nach richtig kennen lernen, obwohl ich mich bemüht habe, Remzi Ünal gleich bei seinem ersten Auftritt durch unverwechselbare Konturen lebendig zu machen.

# Celil Oker

Celil Oker, geboren 1952 in Kayseri, besuchte die Amerikanische Mittelschule in Talas bei Kayseri, dann das Amerikanische Gymnasium in Tarsus. Von 1971 bis 1979 studierte er Englische Sprache und Literatur an der Bosporus-Universität in Istanbul. Bis 1983 verschiedene Tätigkeiten als Journalist, Übersetzer und Verfasser verschiedener Artikel der Enzyklopädie *Berühmte Persönlichkeiten in der Türkei und in der Welt.* Ab 1984 auch als Werbetexter tätig. Nach Mitarbeit in den Werbeagenturen Markom und Merkez Ajans gründete er 1987 mit Kollegen die Agentur Reklamcilik. Daneben war er weiterhin als Textautor für verschiedene Werbezeitschriften tätig. An der Fakultät für Kommunikation der privaten Hochschule Istanbul Bilgi Üniversitesi unterrichtet er das Fach Werbetexten.

Anfang 1980 erschienen in der Zeitschrift *Yarin* einige seiner Kurzgeschichten. Er hat diese Linie der E-Literatur dann allerdings nicht weiter verfolgt. Mit seinem ersten, im April 1999 bei Oğlak Yayinlari erschienenen Kriminalroman gewann er den Ersten Preis des neu gegründeten Kriminalroman-Wettbewerbs *Kaktus.* Celil Oker ist verheiratet und Vater zweier Söhne.

# Die Übersetzerin

Ute Birgi-Knellessen, geboren 1938, verbrachte viele Jahre in Istanbul, wo sie als Übersetzerin und Dolmetscherin arbeitete. Nach der Übersiedelung in die Schweiz 1980 studierte sie Islamwissenschaft und Vorderorientalische Archäologie in Bern und arbeitet seither als freie literarische Übersetzerin.

# Worterklärungen

| | |
|---|---|
| Köfte | Hackfleischbällchen |
| Baklava | in Sirup getränktes Blätterteiggebäck |
| Abi, eigentlich ağabey | älterer Bruder, auch familiär-respektvolle Anrede für einen älteren (nicht alten) Mann |
| Bayram | Festtag |
| Insel Burgaz | eine der Prinzeninseln im Marmarameer bei Istanbul, beliebter Ausflugsort |
| Yilmaz Güney | einer der bekanntesten türkischen Schauspieler und Filmemacher, 1984 im französischen Exil gestorben |

*Zur Aussprache*

z wie stimmhaftes deutsches s, Beispiel Suse
(Zuhal wird ausgesprochen Suhal)

s wie stimmloses deutsches s, bzw. ss, Beispiel Essen
(Hasan wird ausgesprochen Hassan)

c wie deutsch dsch
(Sinem Kocamercan wird also ausgesprochen Sinem Kodschamerdschan)

ş wie deutsch sch
(Gümüşsuyu wird ausgesprochen Gümüschsuyu)

# UT *metro*

»Die ersten metro-Bände gehören auf jeden Fall zum Besten, was derzeit an so genannter Spannungsliteratur zu haben ist.«
*Michaela Grohm, Südwestrundfunk*

**Jean-Claude Izzo**
*Total Cheops*
*Chourmo*
»Izzo ist für Marseille, was Malet für Paris, Hammett für San Francisco, Charyn für New York ist.« *Süddeutsche Zeitung*

**Helen Zahavi** *Donna und der Fettsack*
Donna, das Mädchen von nebenan, und Henry, der fiese Kredithai, haben sich ineinander verbissen.

**Walter Mosley** *Socrates in Watts*
Nach siebenundzwanzig Jahren im Knast will Socrates wieder ein ordentlicher Mensch werden.

**Stan Jones** *Weißer Himmel, schwarzes Eis*
Nathan Active ermittelt im nördlichsten Alaska. Ein Umweltskandal kann ihn Kopf, Kragen und Karriere kosten.

**Christopher G. Moore** *Haus der Geister*
Vincent Calvino kennt sich bestens aus in den Unter- und Halbwelten von Bangkok. Nicht immer zur Freude derjenigen, die die großen Räder im Fernen Osten drehen.

**Rebecca Bradley, Stewart Sloan**
*Temutma*
»Hongkongs Schauplätze, Geräusche und Gerüche rasen an uns vorbei im Rennen gegen die Zeit.« *South China Morning Post*

**Chester Himes** *Plan B*
Das Finale furioso des legendären »Harlem-Zyklus'«: ein visionäres Szenario des schwarzen Aufstands in den USA.

**Jon Ewo** *Torpedo*
»Was wir über die osteuropäische Kriminalität wissen, macht aus dieser Geschichte mehr als eine Fiktion.« *Bergens tidende*

**Mongo Beti** *Sonne, Liebe, Tod*
Zam, der Journalist, hat Sorgen: Leiche in der Wohnung, Freundin entführt, Überfälle. Was ist los in dem afrikanischen Land?

**Jerry Raine** *Frankie Bosser kommt heim*
»Jerry Raines Prosa ist unwiderstehlich, und sein Blick ins Innere der Verbrecher großartig.« *The Times*

**Jerome Charyn** *Der Tod des Tango-Königs*
»Charyn ist einer unserer wagemutigsten und interessantesten Schriftsteller.« *New York Times*

**Celil Oker** *Schnee am Bosporus*
Remzi Ünals erster Fall. In Istanbul steht ein Privatdetektiv oft mit einem Fuß außerhalb des Gesetzes. Nicht nur seine Klienten gehen der Polizei aus dem Weg.

**Brian Lecomber** *Letzter Looping*
»Brian Lecomber macht aus Flugzeugen und Piloten, was Dick Francis aus Pferden und Pferderennen macht.« *New York Times*

**Pierre Bourgeade** *Das rosa Telefon*
»Henry Miller hat ihn kommen sehen: den klimatisierten Albtraum. Mit Bourgeade wird er ein Vergnügen.« *Le Canard enchainé*

**Blue Lightning**
Ohne Musik wäre das Leben ein Irrtum. »Es kommt nicht oft vor, dass der unterhaltsamste Krimi des Jahres eine Sammlung von Kurzgeschichten ist.« *London Times*

**William Marshall** *Manila Bay*
»Dieses Buch ist Schwindel erregend, verrückt, grob und gesittet, exzentrisch und exzessiv.« *Los Angeles Times*

# Die Türkei im Unionsverlag

**Yaşar Kemal**
*Auch die Vögel sind fort*
Kemals Istanbul ist eine brodelnde, gnadenlose Welt im Umbruch. Hier sind Spitzbuben und Tagträumer, Gestrandete und Gescheiterte die letzten Unversehrten.

**Yaşar Kemal**
*Memed, mein Falke*
Memed, der schmächtige Bauernjunge, wird zum Räuber, Rebell und Rächer seines Volkes. Ein Roman, der selbst wieder zur Legende wurde.

**Yaşar Kemal**
*Das Lied der tausend Stiere*
Seit Jahrhunderten ziehen türkische Nomaden aus den Bergen hinunter in die Ebene. Aber wo sie einst lagerten, erstrecken sich jetzt Reisfelder und Baumwollplantagen. Dieser Winter wird der letzte des Stammes.

**Sait Faik**
*Ein Lastkahn namens Leben*
Der unerreichte Meister der urbanen, spielerischen türkischen Prosa. Liebevoll zeichnet er seine Figuren und schafft ein vielschichtiges, farbiges Bild des Lebens im kosmopolitischen, weltoffenen Istanbul der Zwischenkriegszeit.

**Mehmed Uzun**
*Im Schatten der verlorenen Liebe*
Memduh Selim, ein Wegbereiter der kurdischen Erneuerungsbewegung zu Beginn des Jahrhunderts, wird zermürbt zwischen Verantwortung und Liebe. Der moderne Schlüsselroman der kurdischen Geschichte.

**Ferit Edgü**
*Ein Winter in Hakkari*
Die Odyssee eines städtischen Intellektuellen in der Verbannung: In einem archaischen Bergdorf lernt er all das abzustreifen, was er bisher Zivilisation nannte.

**Aziz Nesin**
*Der einzige Weg*
Dieser Schelmenroman über die Abenteuer eines genialen Hochstaplers wider Willen ist ebenso heiter wie nachdenklich.

**Latife Tekin**
*Der Honigberg*
Abenteuerlich-windschiefe Häuser entstehen über Nacht auf der Müllhalde einer türkischen Großstadt. Latife Tekins sprühender Roman entführt in eine Welt voller Burlesken, Tragödien und Romanzen.